麻布ハレー

松久淳＋田中渉

AZABU HALLEY

Matsuhisa Atsushi
+
Tanaka Wataru

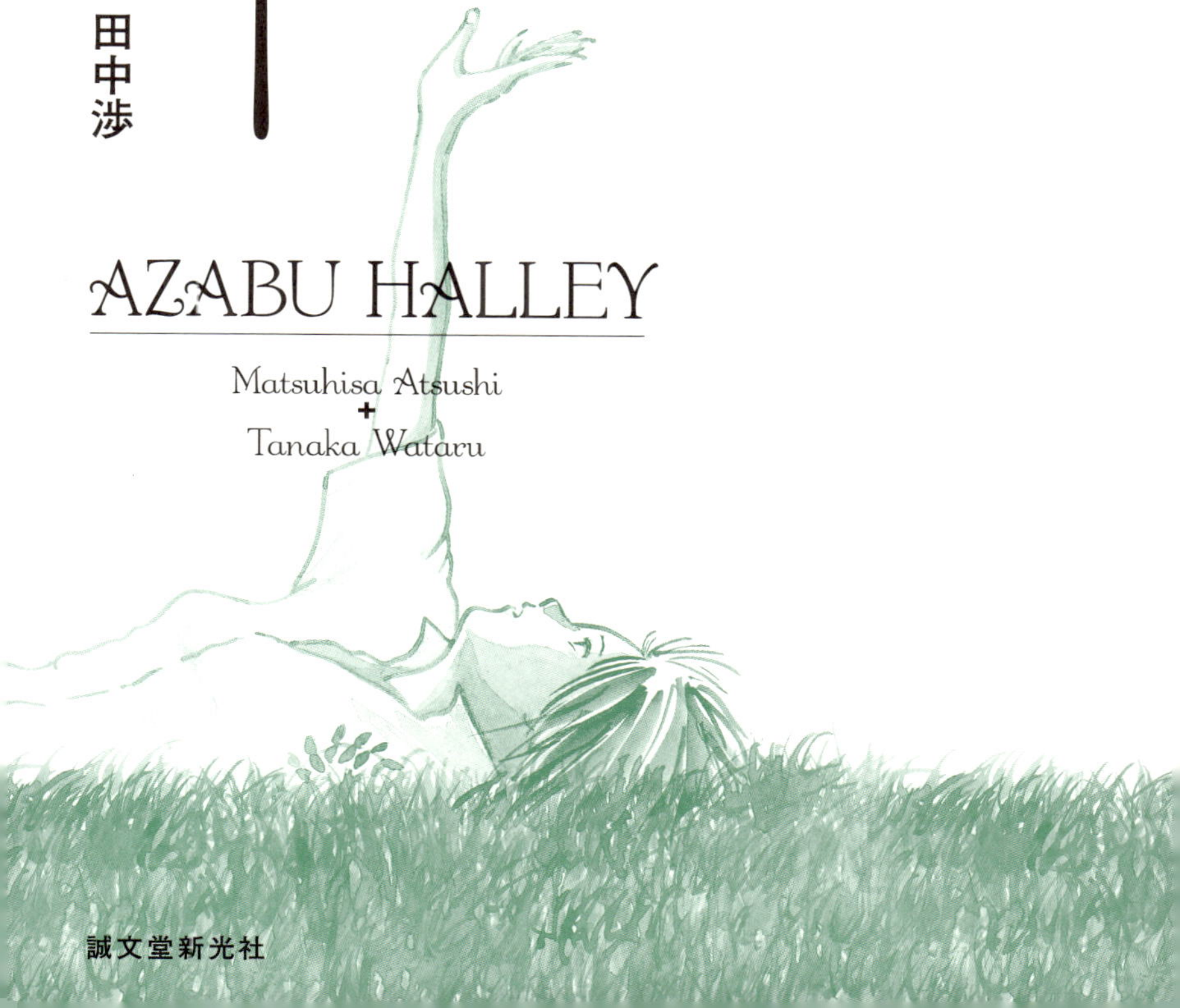

誠文堂新光社

いつからここで観測を続けているのか、自分でもよくわからなくなるくらい、もうずっと僕はこの天文台で星を追いかけている。

僕は夜の間は望遠鏡を覗《のぞ》き、星々の動きを机に向かって鉛筆でノートに書き留めている。睡眠を取った後は、簡単な食事を済ませて、山の中腹のなだらかな場所に設置された、誰もいない天文台の敷地《しきち》内を、ランニングしたりする。

敷地の中には二階建ての建物もある。そこには普通の部屋もホールのような広い部屋もある。きっとこちらのほうが、寝泊まりも食事もしやすいんだろうということはわかっているけど、僕は相当不精なのだろう、望遠鏡から数歩ですべてが済む、望遠鏡ドームの狭い室内で暮らすほうが性に合っていた。

二階建ての建物と望遠鏡ドームの間には、巨《きょ》大《だい》な建造物が二つある。ざっと見たところ、直

径はそれぞれ二〇メートルと一〇メートルはありそうな、大きなパラボラアンテナのような、鉄骨でできたものだ。何十年このまま放置されているのかはわからないが、すっかり錆《さび》ついていて、毎日見てもその圧倒的な異形《いぎょう》に僕はぞっとしてしまう。

それに比べて、僕が望遠鏡とともに暮らすドーム型の屋根に覆《おお》われた円形の室内は、小さく古く、そして冬はとても寒い。

真ん中に設置された大きな望遠鏡を囲むように、がっしりとした入口、小さなベッド、簡素《かんそ》な箪笥《たんす》と本棚、流し台と呼んだほうがしっくりくるキッチン、作業用の古びた木製の机とパイプ椅子《いす》が肩を寄せ合うようにぎっしりと配置されていて、ほとんど板張りの床は見えない。

しかも僕が知らない重々しい機械が、机の壁側の半分ほどのスペースを占めて設置されている。

右側の手前には三センチほどの厚みがある大学ノート大の白い板の上に、レバーのような金属が頑強《がんきょう》に固定されている。その奥には映画の映写機のリールように大小の円にコードがつった機械が置いてある。中央には大きなコイルのような装置、左側にはひときわ大きな、控えめな旅行鞄《かばん》ほどありそうな黒い機械がどんと居座っていて、そこから伸びたコードが、壁にかかったメーターボックスのような装置に繋《つな》がっている。

いったい何の機械なのか、誰が何のために作ったのかは、僕にはわからない。聞く相手もいない。

そういえば、僕が彼女以外の人と最後に喋《しゃべ》ったのは、いつだったろう？

夕方になると、オート三輪に乗って彼女がやってくる。彼女は山の麓《ふもと》の村に住んでいて、毎日この時間、僕の観測データを受け取りにくるのだ。

そのとき、僕はパイプ椅子に座って、彼女は僕のベッドの端に、ちょこんと膝《ひざ》を揃えて座る。ワンピース姿が多く、座るとちょうど膝小僧が見える。正直なことを言えば、彼女が僕が書き留めたデータに目を通している間、僕はちらちらとそのワンピースの裾《すそ》と彼女の白い膝小僧を盗み見ている。

「ハレーはいつごろから見られるのかしら」

ノートから目を上げると、彼女は僕のほうを見て微笑《ほほえ》んだ。僕は彼女の膝小僧と同じくらいにその微笑みにも弱い。思わずごくりとわずかな唾液を飲み込んで、少しむせそうになった。

「来月には、この望遠鏡でも捉《とら》えられると思います」

僕は緊張を隠して、なるべく平然とした声で言った。そして望遠鏡に手をかける。屈折式で、ほぼ一・五メートルほどの長さで直角に曲がっている土台に、長さが三メートル余りある筒に、さらに小さい筒が平行に付いている。ドイツ製だと聞いたことがある。レンズの直径は二〇センチだ。

「楽しみ」

彼女はそう呟《つぶや》くと、とんと床に立って、そして望遠鏡を覗き込んだ。僕の少し先に彼女の長い髪が肩からさらりと下りて揺れた。僕はさらにどきどきしながら、いつもの疑問を口にした。

「しかしハレーは災いを呼ぶ凶星《きょうせい》だとも言われているんですよね」

また言ってしまった。彼女の答えはわかっているのに。

「確かにインカでは太陽の神の怒りの権化《ごんげ》だと思われたし、ハレーが現れたおかげで敵軍に敗れたと言い伝えられている王様だっていた。干ばつや大洪水を引き起こす要因とも言われているわ」

彼女はそう言うと、僕に向かって少し首を傾《かし》げて続けた。

「でも、本当の因果関係なんて、誰にもわからないと思わない？」

そのとおりだ。僕は頷《うなず》くしかない。

「それに、それが災いだったのか、恵みだったのかは、そのときにはわからないものだと思うわ」

彼女は望遠鏡から僕の方へ顔を向け、頬《ほお》にかかった髪をかき上げて微笑んだ。彼女はいつでも、僕に微笑みかけてくれる。

「時間が必要だということですか？」

僕の問いに、彼女はこっくりと頷いた。

「だって、七六年前の世界の人たちが、いったいどれだけその後の歴史を想像できたと思う？ 人は変わるわ。宇宙《そら》だって変わる」

彼女の言うことはいちいち正しい。そして彼女は美しい。そして僕はその気持ちを伝える勇気がない。

「七六年後の世界は、どうなっているのだろう」

僕は呟いた。

「人々はとっくに宇宙《そら》で暮らしているかもしれないわね」

彼女はそう言うと、「じゃあまた明日」と小さく手を振《ふ》って、ドアを開けて一二段の階段を降りていった。彼女は夕暮れとともにやってきて、日の入りとともに去っていく。僕はしばらくその後ろ姿を見送ってから、また望遠鏡の前に座った。

そして今夜も僕は星を見上げる。綺麗《きれい》な星空を。

麻布ハレー

一九八六年　駒場

三台並んだ一四インチのモニター画面のひとつに、探査機「りゅうせい」が一分おきに送ってくるハレー彗星《すいせい》の水分放出量の変化が、八桁の数字で刻《きざ》まれている。その、部外者にはまったく面白味《おもしろみ》のない数字の羅列を、四人の男たちがおもちゃに夢中の子供のように体を寄せ合い見守っていた。

「ほぼ予測どおりの結果と見ていいのかな」

椅子《いす》の真後ろに立って腕を組んでいた秋尾《あきお》量《りょう》は、誰に言うでもなく呟《つぶや》いた。

秋尾の左側で前のめりになって画面を見ていた村林《むらばやし》は、「うーん」と肯定とも否定とも取れるような調子で反応し、右側で痛む腰を右手で揉《も》みほぐしていた加上《かがみ》は、同じ「うーん」という言葉を、伸びをする軽い呻《うめ》き声のように発した。

そんな五〇代半ばの三人の真ん中に座って、キーボードを操作してデータを記録しているのは、大学を出てそのまま研究所に残った、まだ二三歳の川葉《かわば》敦雄《あつお》だ。川葉は父親ほどの年の天文学者たちが、その天才的な頭脳と経験に反比例して、コンピューターの操作と、モニター画面の表示にいまひとつ不慣れなのを気づいていた。

「ちょっとお待ちください」

川葉はそう言うと立ち上がり、三つ隣のデスクに置いたプリンターに向かった。そこには「りゅうせい」が送ってきていた、ハレー彗星の水分放出量と自転周期の昨日からのデータをまとめたものと、それをグラフ化した書類が、ちょうど出力されたところだった。

川葉はそれを秋尾に手渡した。すると今度は三人の男たちはモニター画面に背を向け、その後ろにあるスチールの長テーブルにプリントを広げ、先ほど以上に「おお」と感嘆《かんたん》の吐息《といき》を漏《も》らし、さっそくそれぞれ鉛筆やボールペンを片手に、手近な紙にメモを取ったり計算に取り掛かったりし始めた。

川葉はそんな大先輩たちの背中に、敬意と同時に可愛《かわい》らしさを感じ、少し笑ってしまいそうになるのを堪《こら》えて、再び椅子に座るとモニター画面との「にらめっこ」を再開した。

ハレー彗星が七六年ぶりに地球に接近する。

前回ハレー彗星がその姿を人々に見せたのは明治時代、一九一〇年のことだった。それからの科学技術の進歩のスピードは、それまでとは比べものにならなかった。紀元前から観測されてきたその巨大《きょだい》彗星に対し、一九一〇年までは望遠鏡が発明され、その精度が上がっていったにすぎない。

しかしいまや、人類は宇宙空間へロケットを飛ばし、そこから直接画像やデータを得て、それを地球に届けることができる。太陽系の海王星軌道《きどう》の外からやってくるハレー彗星は、宇宙の謎を解き明かすために重要かつ貴重な天体であるばかりでなく、その観測と科学技術を躍進《やくしん》させるためにも、絶好の機会だった。

とくに技術大国と言われながらも、宇宙ロケットに関してはアメリカやソ連に遅れをとっていた日本は、このハレー到来を機に、官民一体でこの一大事に取り組んだ。地球の重力圏を脱出する初の国産ロケットを開発する。探査機をハレーに接近させる。彗星の物質データを分析し、高性能カメラでその姿を捉《とら》える。探査機に指令を送るために、長野県臼田《うすだ》の山奥に六四メートルの巨大アンテナを建設する。

これらは宇宙科学研究所所長の秋尾をリーダーに、各分野の科学者と企業が集い一大事業として行われた。そしてハレー彗星が太陽に最接近する一年一か月前に探査機「きらめき」が、六か月前には二機目の探査機「りゅうせい」が、鹿児島の内之浦《うちのうら》から無事に打ち上げられた。

ハレー彗星の観測に関しては、世界各国の相互協力が密に行われた。それぞれが打ち上げた、日本、アメリカ、ソ連の各二機、ヨーロッパの一機、合計七機の探査機のデータは共有され、地球の自転でその地域が探査機やハレーに「背を向けた」ときなどは、それぞれの観測所が他国の探査機のデータ収集も行った。いつしかその探査機群は「ハレー艦隊《かんたい》」と呼ばれるようになった。

日本の観測の中枢である管制室は、東京大学駒場《こまば》キャンパスの隣にある宇宙科学研究所の中に作られた。その管制室の主要スペースは二〇平米ほどしかなかった。コンピューターはメインがわずかに五台で予備が二台。前方には二つのスクリーンが設置されているが、それぞれ五〇インチにも満たなかった。ガラスで仕切られた隣の小ホールでは会議や記者会見が行われ、ときには所員が布団を敷いて寝泊まりすることもあった。

所員たちはそこを、半ば自虐的に「世界一小さな管制室」と呼んでいた。そして「きらめき」と「りゅうせい」はその短い円柱のようなシルエットと、黒い器に金色の蓋《ふた》をしているような見た目から、「おひつ」というニックネームが付いた。

川葉がモニター画面を凝視《ぎょうし》している隣では、先輩所員たちが、アメリカのスペースシャトルの打ち上げ事故の原因について、最新の報告書を手に議論し合っていた。

その声がふと止まったときに、管制室内の空気も変わったことに川葉は気がついた。顔を上げ振《ふ》り向くと、秋尾たちも同時に、隣のホールへ目をやった。そしてそこに現れた人物に気づくと、三人ともすぐに背筋を伸ばし、先を争うように入口のドアへと向かった。

川葉がガラスの向こうを見ると、そこにはゴルフパターを持った平川郁彦《ひらかわいくひこ》がまず見えた。平川は探査機開発部門の責任者で、秋尾とともにこの計画を中心に推《お》し進めた人物だった。メンバーの中ではいちばんの天才肌だがそのぶん変わり者で、皆がデータにかじりついているときでも、テニスコートの脇にある小さなグリーンで、呑気《のんき》にパターの練習をしていたりする。

その平川が丁重に案内するように、小柄の老人も一緒にホールに入ってきていた。かなりの高齢であるのは間違いない。しかし、杖《つえ》をついているが、歩く様子はしっかりとしていた。仕立ての良さそうなスーツをきちんと着こなし、白髪をきちんと手入れしている。そして何よりも表情に精気が溢《あふ》れていた。

平川の様子と、慌《あわ》ててドアを開けて近寄る秋尾たちの姿を見て、写真で見たことがあったその老人が誰なのか、川葉はようやくわかった。

糸口博士。川葉にとっては、もはや歴史上の人物のように思えるほどの、偉大《いだい》かつ遠い存在だった。戦時中に革新的な戦闘機を設計し、戦後は国産ロケットの開発の第一人者となる。つまり現代日本の航空力学の権威であり、生きる伝説とも言える人物だ。

おそらく年齢は八〇歳を過ぎているはずだった。いまは引退して長野県で余生を送っていると聞いていた。秋尾教授と平川教授は、糸口博士の直属の弟子でもあったことを、川葉は思い出していた。

糸口博士は平川に付き添われ、そして秋尾に出迎えられて管制室へ入ってきた。川葉たちすべての所員が立ち上がって、深々と一礼した。

「お邪魔します。私を気にせず、手を止めないでください」

糸口博士ははっきりとした口調でそう言うと、全員に微笑《ほほえ》みかけた。

しばらくの間、秋尾と平川が糸口博士に管制室内の機材や、スクリーンに映るデータの説明をして、糸口博士はひとつひとつを食い入るように見つめ、そしてその都度、的確な質問を投げかけた。ふだんは貫禄のあるリーダー然としている秋尾も、我が道をゆくタイプの平川も、このときばかりは師を前にした学生の顔に戻っていた。

やがて、その糸口博士が川葉の元へやってきた。

「うちの若きエース、川葉君です」

秋尾がそう紹介し、川葉は緊張で体を強張《こわば》らせたまま、頭を下げた。

「ダスト接触の際も、彼が中心になってりゅうせいの軌道修正を行ったんです」

秋尾がそう続けると、糸口博士は「ほお」と感嘆の吐息を漏らした。

四日前、りゅうせいのデータがこれまでとは明らかに「違う」ことに秋尾が気づいた。太陽電池に問題はない。取得しているデータも順調だ。しかし定期的な画像撮影の「向き」が、わずかに違う。

前日からのデータをすべて洗い直してみると、りゅうせいは大きな衝撃を二度、受けていることが判明した。原因を解明した結果、それはハレー彗星から飛来した五ミリグラムほどの小さなダスト、すなわちゴミが衝突したものだと結論づけられた。

幸いにも推進《すいしん》機器にも観測機器にも故障はない。しかしりゅうせいの「姿勢」を正さなくてはならなくなった。その正しい運用に戻すための作業で、川葉は皆が驚くようなアイデアで素早い計算をやってのけた。

「来年のスイングバイも、川葉君に任せてみてはどうかな」

糸口博士が言った。りゅうせいはハレー彗星を観測後、地球の重力を利用したスイングバイという推進方法で、太陽を公転する軌道に載せられる計画になっていた。川葉にしてみると、伝説の博士が自分の名前を口にしてくれただけでも震《ふる》えるような嬉《うれ》しさだったが、さらに冗談でもそんな重大任務を勧《すす》められて、「いえ、そんな」ともごもご返事をすることしかできなかった。

「僕も適任だと思うよ」

平川がまだパターを持ったまま、のんびりした口調で言った。

「僕なんかまだまだ、大学出たばっかりですし」

川葉は緊張したままなんとかそんな風に返事をすると、糸口はしっかりと川葉の目を見ながら口を開いた。

「どんな世界でも同じだが、とりわけ宇宙《そら》は、すべてにおいて長い時間がかかる。私も人生を費やしてもまだ見ぬこと、わからぬこと、やりかけに終わったことのほうが、たくさんある。続く秋尾君や平川君が新しい時代を拓《ひら》いた。しかしそれでもまだ先は長い。いつの時代でも、君のような優秀な若者が次の展開への種となり希望となるんだ。遠慮なんかしている暇はないよ」

糸口博士はそう言うと、にっこりと川葉に笑いかけた。川葉はきゅっと口元に力を込めて、無言のまま力強く頭を下げた。

川葉はふと思ったことを口にしてみた。

「博士。博士は前回接近時のハレーは、ご覧になられましたか？」

年齢的にそうであっても不思議ではなかった。すると糸口博士は、嬉しさと懐《なつ》かしさを同時に表情に浮かべ、次に少年のような顔になるとどこか得意気に言った。

「見たよ、ハリー。肉眼でね」

糸口博士は当時一般的だった呼び名のまま、「ハリー」と発音した。

今回のハレー彗星の接近は、日本からはあまりよく見ることができない。川葉だけでなく、秋尾や平川も博士と同じような少年の顔になって、素直に羨《うらや》ましさを表情に浮かべた。


管制室を出た糸口博士を、ホールで孫の大隅隼《おおすみじゅん》が待っていた。

隼は「天体月報《てんたいげっぽう》」という雑誌の編集部に勤めていて、秋尾たちともほぼ全員面識がある。子供のころから本や雑誌ばかり読んでいて、得意科目も国語と社会のみ、数学と理科は高校時代にぎりぎりで落第を免れた程度という、いかにも文系な男だ。しかし祖父が伝説のロケットエンジンの博士であったのが影響したのか、その文才や編集能力を活かしつつも、苦手な理系の天体雑誌で仕事をしている。

秋尾たちに見送られて、糸口博士と隼は、駒場キャンパスの銀杏並木を抜け、門の前でタクシーを停めた。

「上野駅にお願いします」

タクシーに乗り込んで隼が運転手にそう告げると、糸口博士は少し不満そうに鼻を鳴らした。長野から東京へ来たときにも、新宿駅に迎えに来た隼にタクシーに押し込められ、「電車でもすぐだ」と言い張るのをなだめられた。

「じいちゃん、俺が母さんに怒られるんだから文句言うなよ」

隼が言った。八四歳の父が、長野から東京の宇宙科学研究所に陣中見舞いに行くというだけでも、娘としては一人で行かせるわけにはいかなかった。それどころかその父が、駒場の後はそのまま上野駅から、昨年開通したばかりの東北新幹線で岩手に行くと言い出した。何度も諦《あきら》めさせようとしたが糸口博士は折れず、やむを得ず娘は東京に住む自分の息子の隼を出迎えに行かせ、岩手にも同行させることで渋々納得した。

糸口博士はタクシーの中でも、老眼鏡をかけつつ、先ほど秋尾に渡されたハレー彗星の観測データに目を通していた。

「それが目的じゃないよね？」

渋谷から首都高速に乗ったタクシーが神田橋で一般道路に降りたところで、隼は祖父にそう聞いた。

「目的？」

「わざわざ早池峰《はやちね》に行く理由」

糸口博士は「ああ」と孫の言葉の意味に気づいて頷《うなず》いた。

岩手の早池峰山には大きな電波望遠鏡を擁《よう》した天文台がある。ハレー彗星の観測はそこでも行われているが、今回のハレーは地球上から観測しやすい軌道を通らないので、ハレー艦隊からのデータほど重要なものはない。さらに、今回のプロジェクトで、日本各地の天文台はほぼ同時にネットワークでデータのやりとりができるようになっていた。つまり、駒場にいればほぼとんどすべての情報や画像を手にすることができる。

さらに言えば糸口博士はすでに引退の身だ。確かに伝説の人物が訪ねてくれば天文台の台員たちの士気も上がるかもしれないが、八四歳の老人がわざわざやるべきこともない。

「隼にはいい取材になるだろう。行ったことはあるのか」

糸口博士は話をはぐらかすように、のんびりとした口調で言った。

「早池峰は初めてだけど……じいちゃんは？」

「数回ある。初めて行ったのは五三年前だった」

隼は、祖父がやけに正確な数字を口にするのが気になった。

タクシーが上野駅に着くと、糸口博士と隼は駅構内のレストランでスパゲティを食べ、一二時過ぎの東北新幹線に乗った。糸口博士は今日の早朝、長野県上田から上京して駒場に顔を出し、そしていまは東北へ向かっている。しかし疲れた様子を少しも見せない。隼は祖父の年齢的には強靭《きょうじん》と言える体力に感心しつつ、どこか呆《あき》れてもいた。スパゲティも残さず食べ、パンをおかわりするほどだった。

「じいちゃん、そろそろ本当のことを教えてくれないかな。早池峰に行く理由」

音もなく新幹線が動き出したタイミングで、隼はこれで祖父が答えなかったら、もうこの話を聞くのをやめようと思いつつ、その横顔を見た。

糸口博士は孫の顔を見て、しばらくの間、何かを考えるような表情を浮かべていた。そしてやがて肩の力をゆっくり抜いて座席にもたれつつ、口を開いた。

「約束なんだよ」

「約束？」

糸口博士は小さく頷いた。そして、孫に向かって長い話を語り出した。

「ハリーが前に来たときの話だ」

一九一〇年　麻布

また、書き上げた小説は採用されなかった。

佐澤國善《さざわくによし》は、神田和泉町の出版社から飯倉《いいくら》町の下宿まで、一〇メートルおきに溜息《ためいき》をつきながら、とぼとぼと一時間半近くかけて徒歩で帰ってきた。

医者にさせたかった親の反対を振《ふ》り切って、岩手の早池峰《はやちね》から上京して早稲田大学の文学部に進んだ。在学中から作家を志して、何度か作品を文学雑誌に持ち込んだ。若手作家の短編特集で一度、採用されたことがある。それが良かったのか悪かったのか、國善は卒業後も作家への夢を捨てきれず、書いては持ち込み、持ち込んでは不採用になりということを繰り返している。

まだ二四歳だが、それでも定職に就かずにいる息子に、両親はもう何度も、帰って来いと手紙を送ってきている。父親は、もう仕送りなどしないぞと脅したが、國善はそれでも帰らなかった。仕送りは母親がこっそりとしてくれている。父親はそれを知って、わざと見逃してくれているのだろうということは、國善もわかっていた。

　このほんの数年で、日本の文学が変わりつつある。夏目漱石《なつめそうせき》や森鷗外《もりおうがい》の小説が圧倒的に支持されている一方で、島崎藤村《しまざきとうそん》や田山花袋《たやまかたい》のセンセーショナルな作品が世間を騒がせている。そんな四〇代の作家たちの活躍に続けとばかりに、國善の世代でも名を知られる作家が数人出始めていた。同い年の谷崎潤一郎《たにざきじゅんいちろう》という若手作家は、大学在学中から永井荷風《ながいかふう》のお墨付きを得ている。

　自分は若いくせに時代遅れなのかもしれない。國善は、ときどきそう思った。國善が書こうとしているものは、大きなくくりで言えば幻想文学と呼ばれる、古くから伝わる民話や怪談を基に、それを現代に置き換えて再構築していくような作品だ。そんなものは現在のこの合理主義社会である日本に似合わないのだろうという自覚はあった。それでもこれこそが自分の書くべきことであるという強い意思はなくなることはなかった。

　なくなることはなかったが、田山花袋の真似をして過激な作品を書いてみようとしたこともある。しかし恋愛の経験すらない國善が、赤裸々な男女関係など描けるわけもなく、結果それは書き出しすらままならず頓挫《とんざ》した。

自分も早く、あんな作家たちと名前が並ぶ存在になりたい。昨今の國善は小説を書きたいという単純な衝動よりも、そんな焦りのような欲を感じることが多い。そしてそんな自分に気づくたびに、また深い溜息をついた。

「國さん、お願いがあるの」

飯倉の下宿先の屋敷の引き戸を開けるなり、國善は玄関で突っ掛けをはきかけているおかみさんに、「ちょうどよかった」とばかりに声をかけられた。

先月の仕送りを本代に使い果たしてしまい、下宿代の支払いが一週間遅れているところなので、毎日ご主人やおかみさんと顔を合わせるたびに、國善は内心びくびくしている。実際には、優しい二人にこれまで下宿代を催促されたこともなければ、ときどき食事までご馳走になっているくらいなので、その心配はほとんどない。それでもやはり、決まりが悪い。

「ど、どうかしましたか」

年上の一児の母とはいえ、國善からすれば都会の垢《あか》抜けたきれいな女性でもあり、間近で顔を覗《のぞ》き込まれると、いまだにどぎまぎしてしまう。國善は訛《なま》りと吃《ども》りが出ないように、緊張しながら聞いた。

「栄《さかえ》、もうすぐ夕ご飯どきだっていうのに、一向に帰ってきやしない」

栄はご主人とおかみさんの八歳の一人息子で、尋常《じんじょう》小学校の二年生、来月の四月からは三年生になる。学校では数年に一度の秀才だと評判だという。一人っ子ということもあり、國善は兄のように慕われていた。ご主人とおかみさんが國善に何かと便宜を図ってくれているのは、栄の遊び相手や家庭教師役をしているおかげでもある。

「どこほっつき歩いてるんだか、もう」

おかみさんは頬《ほお》を膨らませながら言った。栄は勉強もできて行儀もいいが、何かに夢中になると平気で何時間でも同じことをしているし、人の言うことは耳に入らないし、後先が見えなくなるというのが唯一の欠点だ。

國善はそのまま踵《きびす》を返しながら、おかみさんに言った。

「な、なんとなく、こ、心当たりがあります。ぼ、僕、探してきます」

「助かるわ。帰ったら、國さんもお夕飯、一緒にいただきなさいな」

そう笑顔で送り出してくれたおかみさんに、國善は「は、はい」と頷《うなず》いて、小走りに外に出た。

その場所は、前から國善も気になっていた。

國善は飯倉町二丁目の屋敷からすぐ先の飯倉交差点を越えて、外苑東通りを六本木町のほうへ一〇メートルほど進んだ。東鉄の路面電車はこのへんまで伸びると聞いてもう数年経つが、いまだその気配がない。

ここから、飯倉町三丁目と狸穴《まみあな》を隔てる、左へ曲がる細い道がある。すぐ左手に日蓮宗の寺が二つ並んでいる。そこから、両側とも何もない道をさらに八〇メートルほど進んだ突き当たりに、問題の「施設」があった。

遠くからでも異彩を放つ光景だった。この施設に用がないかぎり、この道を行くことはないから、遠目にしか見たことはない。しかしそれでも、門の向こうに三階建てほどの高さでそびえる、半球のような形の屋根を持った円形の建物は、夜はもちろん昼でも外苑東通りから覗き込んだときに、その見慣れない特異な輪郭《りんかく》にどきっとする。

栄はここに「忍び込んだ」可能性が高かった。「國さん、あそこは天文台なんだよ」「遠い星が、こんなに近くに見られる大きな望遠鏡があるんだって」「月なんか表面まで見えるって話だよ」「どんな仕組みなんだろうね」と、昨今の栄はとにかくこの施設の話ばかりだった。ときどき、寺のほうまで進んでは、一所懸命背伸びをして、その先の不思議な建物を見つめている様子を、國善も見かけていた。

いよいよ決行したか。國善はそう思った。栄は真面目で元気な坊ちゃんだと近所では評判だが、好奇心が張りすぎて、八歳とは思えぬようなびっくりする行動を取る。昨年は電車がどう格納されるのか見たいと、新橋駅の引き込み線まで一人で出かけてゆき、駅員から連絡を受け迎えに来た泣き叫《さけ》ぶおかみさんを前にして、嬉々《きき》として運転士の仕事ぶりを報告する始末だった。

國善は、栄の居場所をほぼ確信して、暮れかけた道を、謎の施設に向かって進んでいった。國善も、寺より先に進むのは初めてだった。そして門の前まで来ると、異形《いぎょう》の建物はひとつだけではないことを知り、さらにその光景に圧倒された。

門柱には立派な青銅の門標が掲げられており、そこには「東京天文臺《とうきょうてんもんだい》」と刻《きざ》まれていた。塀の上からにょきっと姿を見せているのは、いままで見ていた建物だけではなかった。同じように、半球の屋根を持った建物が三棟もある。天文台だと聞けば、それが大型の望遠鏡を格納しているのであろうことは想像がつく。しかしそうと知らなければ、その形状は羽根を取り外した風車というたとえがもっとも相応《ふさわ》しい。

ふと、ドンキホーテの話を思い出した。自分はさながら、この風車に突進していった幼いドンキホーテに仕えるサンチョパンサだなと、國善はそっと溜息をついた。

門は開いたままで、そこには守衛もいないし、すぐ近くに人影もなかった。受付所のようなものもないし、呼び鈴すらない。國善は「お、お邪魔します」と誰に言うでもなく呟《つぶや》いて、ゆっくりと門をくぐった。

國善の目は、ようやくその全景を確認した。ざっと見渡したところ、最近大人気の野球の小ぶりの球場くらいはありそうだった。

入って正面には、いつもの半球の羽根のない風車がそびえ立っていた。三〇平米ほどの広さの円型で、一二段の階段が二階部分の入口へと続いている。一階部分はレンガが積み上げられ、その上は木造だ。半球型の屋根の直径は五～六メートル程度だろう。近くで見ると、その屋根は開閉することがわかった。いまはぴったりと閉じられている。

同じような建物は、門を入ってすぐ左手にもうひとつ、そして右奥のほうにももうひとつあった。まるでサイコロの三の目のように斜めに配されている。

左奥から中央奥にかけて、二階建てで凹の字型の立派な日本家屋《かおく》があった。その隣には二階建ての洋館があり、渡り廊下で繋《つな》がっていた。おそらく事務室や会議室、台員たちの研究室などがそこにあるのだろう。さらに、八畳ほど、もしくは一二畳ほどの小ぶりの倉庫のような建物が、全部で三か所に点在していた。

この広大な敷地《しきち》の向こう側は、芝森元町《しばもりもと》から赤羽町《あかばね》が見下ろせる崖となっているはずだった。

おかげで、夕暮れもほぼ消えて、黒く塗りつぶされた夜空の中に光る星々が、視線を遮《さえぎ》るものなく見えていた。崖の近くまで行けば、品川の海も一望できることだろう。

奥の日本家屋と洋館には窓ガラス越しにすでに電気が灯《とも》っていた。しかし外を歩いている者は見当たらない。國善は困った。大声で人を呼べるほどの度胸はないし、そもそも大声を発することと自体が苦手だ。その状況を想像しただけで顔が赤くなってしまう。

ふと、目の前の円形の観測室の二階の小さな窓に、光が揺れた気がした。誰かがいるのかもしれない。もしかしたら、栄がいちばん手近なここに忍び込んでいるのかもしれない。そうであれば、ここの台員たちに説明や謝罪をせずに栄を連れて帰れるかもしれないと、國善は中に入ってみることにした。

階段をおそるおそる上っていく。一二段を上り切ると、そこにはがっしりと厚みのありそうな木製のドアがあった。國善は思い切って取っ手を引いて開けてみた。

そこには誰もいなかった。

中は思ったよりも狭く、そして想像以上に大きく不思議な形をした筒状の物体が、中央に鎮《ちん》座《ざ》していた。これが望遠鏡？　國善は口をあんぐりと開けて、その重量感のある金属を見上げた。複雑な形状の直角に由がった土台と、長さが三メートル余りある筒に、さらに小さい筒が平行に付いている。それが鉄製の土台に設置され、先端は上のほうへ向いていた。望遠鏡とはまっすぐな形だとばかり思い込んでいたので、こんな風にいろいろな装置が付いているとは思ってもいなかった。

それにしても大きい。栄が噂《うわさ》だけで夢中になるのもわかる。いったいこんな大きな望遠鏡なら、星々はどこまで見えることだろう。

「カールツァイス」

突然、ドアのほうから女性の声が聞こえてきて、國善は「うわっ」と叫んで振り返り、その瞬間、望遠鏡の架台にしたたかに頭をぶつけた。ごん、という鈍い音が半球型の天井にこだました。

「痛たたた」

「大丈夫⁉」

國善が頭を押さえてうずくまると、声の主が駆《か》け寄ってきて、目の前にしゃがんだ。袴《はかま》の裾《すそ》が見えた。ふっと甘い香りが鼻をついた。目を上げると、そこには色の白い、國善と同い年くらいの若い女性が、心配そうに顔を覗き込んでいた。

國善は後頭部の痛みと同時に、こんなに間近で女性と目が合って、急激に顔と頭に血が上ってきてしまい、あわあわと口を動かすだけで言葉が出なかった。女性はふっくらとした頰に、小さな黒い瞳で、黒く長い髪が肩にふんわりとかかっていた。綺麗《きれい》な人だと國善は思った。そう思うとさらに興奮と動揺が増してしまい、ますます言葉が出ない。女性は袴の上にボタンで留めるめずらしい洋風の白い服を着ていた。

「あ、あ、あの」

國善はなんとか振り絞《しぼ》って声を出した。

「ぶつけたところ、大丈夫ですか」

女性は心配そうに尋《たず》ね、國善の肩にそっと手を触れた。國善はどきっとして、思わず身を引いてしまった。女性は悪いことをしてしまったと思ったのか、慌《あわ》てて手を引いて頭を下げた。

國善は「そうじゃないんです」と言いたかったが、その言葉が出なかった。

「そ、その、勝手に入ってしまったんですが、ぼ、僕は、子供を探しに、その」

國善は必死に説明しようとしたが、緊張のあまりやはり言葉はたどたどしくなり、訛りも隠せなくなっていた。

女性はふっと優しく微笑《ほほえ》みかけた。

「あのいたずらっ子だったら、講義室にいるわ」

「こ、講義室？」

「向こうにある建物の、西側の一階よ」

さっき見かけた洋館のことだろう。頭はまだ痛んだが、國善はぺこりと頭を下げて、ゆっくりと立ち上がった。女性もそれにあわせて立ち上がった。國善は望遠鏡の自分がぶつけたあたりを見た。頑丈な望遠鏡の架台は、疵《きず》一つついていなかった。

國善は恥《は》ずかしさもあって、すぐに栄を迎えに行こうと思ったが、先ほどの女性の言葉が気になった。

「カール……」

國善が言いかけると、女性はまたにっこりと笑った。

「カールツァイス。この望遠鏡を作ったドイツの会社よ。さっき、いたずらっ子に細かく聞かれたわ。二〇センチ屈折赤道儀式望遠鏡なんて難しい言葉も一度で覚えちゃうんだもの。私びっくりしちゃった」

女性が言った。確かに栄ならありうることだと、國善は思った。

「だから今度は大きないたずらっ子かと思って同じことを。ごめんなさい」

女性はぺこりと頭を下げた後で、おかしそうに笑った。國善はようやく女性の顔を少しの間

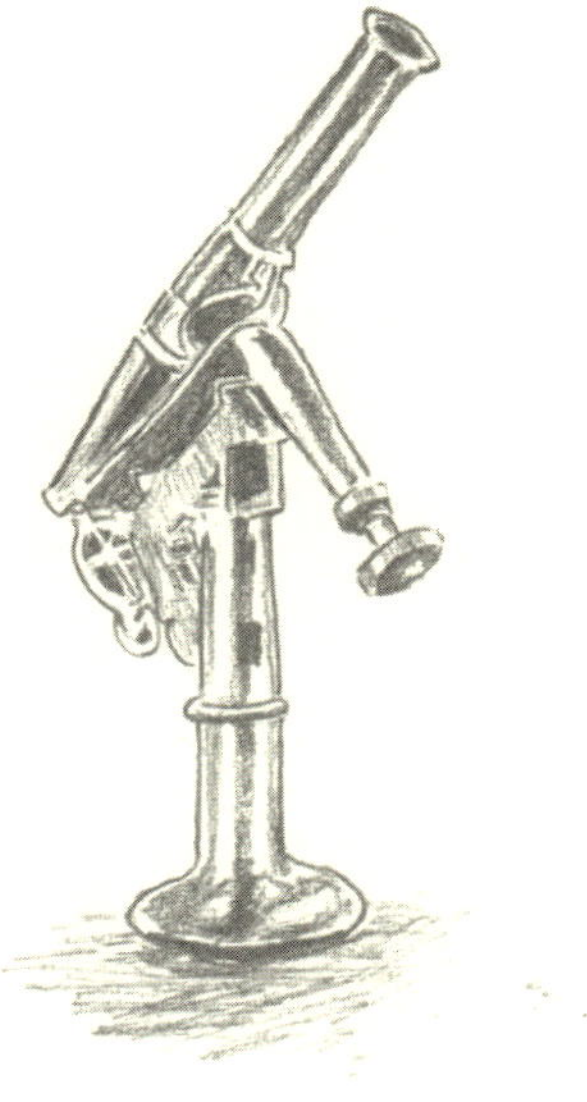

見つめることができた。美人であるのは間違いない。ただ、女性に関してはまったく奥手の國善だが、いま流行《はや》りの顔立ちでもないこともわかった。

「いえ、こ、こちらこそ勝手に、すいません。その、いたずらっ子のほうも」

國善はそう言って頭を下げると、女性は楽しそうに首を横に振った。

「彼ならいまごろ、この天文台の天才たちが寄ってたかって知恵を授けてるころだと思うわ」

暗くて遠目ではわからなかったが、女性に栄の居場所と教えられた洋館に近づくと、國善は変わった形の観測室だけでなく、普通だと思っていたこの建物にもまた驚く羽目になった。壁の一角が五メートルほどに渡って、黒く塗りつぶされて巨大《きょだい》な黒板として使われていたからだった。そしてそこには白墨で、國善にはまったく何を意味しているのかわからない数字の羅列や、角度を表す図などが書き込まれていた。

中から、人の会話の気配がした。國善は入り口の方に回って、恐る恐るドアを「お邪魔します」と開けた。

女性の言うとおりだった。中に入ると、いちばん前の椅子《いす》に腰かけた栄の後ろ姿があった。その前には國善と同世代の台員らしき若い男が二人、室内にある本物の黒板を使って「講義」をしていた。少し離れた机の上には、小柄で口髭《くちひげ》を生やした五〇代くらいの紳士が、洒落《しゃれ》た洋装で飄々《ひょうひょう》と足を組んで座っていて、その様子を楽しげに見つめていた。

「あ、あの」

ドアを開けても誰も気づかなかったので、國善は真っ赤になりながら声をかけた。全員が振り向き、栄の顔に笑顔が広がった。

「國さん！　僕いますごいこと教わってるんだ。小橋《こばし》さんと田倉《たくら》さん。寺山《てらやま》台長。ここでいちばん偉《えら》い人なんだって。こちら國さん。作家なんだよ」

栄は目の前にいる青年二人と、紳士、そして國善を矢継ぎ早に紹介した。國善は作家と紹介されたことに気後れしつつ、「あ、その、どうも」と慌てて三回頭を下げた。天文台の三人も、にっこりと笑って國善に会釈《えしゃく》をした。

「國さん、いまいいところなんだ。ちょっと待ってて。小橋さん、お願いします」

栄はまた前に向き直ると、小橋と田倉の次の話を待ちわびるように、足を前後に振った。國善もやむを得ず、おずおずと前に進んで栄の後ろの席に座った。

「よーし、じゃあ子午儀《しごぎ》の仕組みはわかったね」

小橋が言うと、栄はすっと手を上に挙げて、はきはきと答えた。

「望遠鏡が南北方向にしか動かない、星の位置を精密に測る望遠鏡です」

「さっき君が忍び込んどったところにあったね」

田倉がやや九州弁のイントネーションでそう言うと、おかしそうに笑った。

「なんだか、鉄棒にぶら下がってるみたいな望遠鏡だった」

栄が言うと、小橋と田倉は笑い、寺山は感心したような顔になった。

「じゃあ今度は赤道儀いっちゃおうか。栄君、地球が一日をかけてぐるーっと回っているのは知ってる？」

「はい、自転ですね」

「君は本当に小学生ね？」

小橋の質問に栄があたりまえのように答えたので、田倉は目を丸くした。

「だからある星を見ようと思って望遠鏡を向けても、そのままだと星がずれていっちゃう。それをぴたりと望遠鏡の視野の中央に星を止《とど》めておけるように、自分で向きを変えていく仕組みが、赤道儀なんだよね」

「あの、ごつごつしている望遠鏡のこと？」

「なーんだ、もうそっちにも忍び込んじゃってたか」

小橋と田倉は同時に呆《あき》れつつも笑い、國善は栄の代わりに頭を下げた。そして、さっき自分が見た変わった形の望遠鏡のことを言っているのだろうと思った。

あの綺麗な人も、望遠鏡で観測をするのだろうか。國善はふとそんなことを考え、その姿を想像して一人勝手に真っ赤になった。


「國さん、天文台に行こう」

それからというもの、栄は毎日のように國善に天文台へ行くことをねだった。

最初の夜に國善が栄を連れて帰ると、おかみさんはすぐに栄を連れてまた天文台に詫びに行った。しかし寺山台長は「栄君は実に将来有望な少年です。いつでも遊びに来てください」と笑った。栄はその言葉をそのまま受け止め、飛び上がって喜んだ。

その後、ご主人の帰宅後に國善を交えて話し合いが行われ、まもなく春休みということもあり、國善が同行するときのみ、栄は天文台訪問を許された。ご主人とおかみさんは申し訳なさそうだったが、下宿代はしょっちゅう遅れるし、食事の世話までよくしてもらっている國善が、二人の頼みを断れるわけもなかった。さらに、栄を連れて行けば、あの女性にまた会えるかもしれないという下心も当然あった。

もう何度目か、天文台へ向かう道を進むと、栄の足はどんどん早くなっていって、國善は小走りで追いかける羽目になった。門のところではもはや駆け足になっていて、栄は半球型屋根の建物をぐるっと回り込むと、奥の洋館へ進み、ドアを開けて勢いよく中へ飛び込んでいった。

「こんにちは。栄です」

そんな元気のいい挨拶《あいさつ》を、國善は草履《ぞうり》が脱げそうになりながら外で聞き、急いで後を追って中に入った。

中では平村誠一《ひらむらせいいち》博士と小橋が、広げたノートを覗き込み、二人で何やら話し込んでいたが、すぐに栄をその中に招き入れた。

「来たな、天才坊主。國善君も、いつもご苦労なことで」

平村博士が國善に笑いかけた。もう会うのは数回目だが、國善はまだ年上の台員たちには緊張してしまう。「あ、あの、どうも」とごにょごにょと挨拶をしているうちに、栄は二人の間に入り込んでノートに記された数字を、目を輝《かがや》かせて見つめていた。

「栄君、これ何だかわかるかい。一二年前、平村博士たちがインドで、皆既《かいき》日食の観測をしたときの記録だよ」

「インドって、イギリス領のインドですか」

「そーんな遠いところまで寺山台長と平村博士は行っちゃってるんだ。九年前にもスマトラ島というところに、日食の観測に行ってる。すっごいよね？」

「すごいです」

小橋の説明に、栄は平村博士を見上げて目をぱちぱちとさせた。國善は外国へ行くこと自体がまったく想像できず、さらに星の観測のためにおそらく何日も船に乗ったのだろうと思うと、ただ唖然《あぜん》とするしかなかった。

「そちらは私も」

小橋の言葉の後で、國善の後ろから低く響く声がした。振り向くと、そこにはもう一人の平村博士、平村聖士《ひらむらきよし》が立っていた。

「聖士博士、こんにちは」

「栄君も國善君も、すっかりここの仲間に」

天文台には管轄の東京帝国大学の星学科《せいがっか》だけでなく、他学科の教授や生徒、望遠鏡技師、器械職工、政府関係者、海軍関係者、新聞記者など様々な人間が出入りしていた。しかし専属の台員というのは七人しかいない。五五歳の寺山俊朗《てらやまとしろう》台長以下、四三歳の平村誠一博士、血縁関係はないが偶然同じ苗字の、三六歳の平村聖士博士、暦編纂《こよみへんさん》の担当をしている三六歳の高代純《たかしろじゅん》一《いち》、三二歳で天才肌の研究者の一尾尚人《いちおなおと》、そして初日に出会った二六歳の小橋慎太郎《こばししんたろう》と、國善と同い年の二四歳の田倉昭二郎《たくらしょうじろう》という若手の二人。

聞くと、東京帝大の星学科というのは数年に一名か二名程度しか入学してこないらしい。発足して最初の教授が寺山台長で、最初の卒業生が平村誠一だ。卒業生のほとんどはここを中心に日本中の天文台に散らばっている。二人の平村博士は小惑星《しょうわくせい》の発見や軌道《きどう》の研究で、天文界では世界的にも知られた存在だと國善も聞いていた。二人を呼び分けるために、平村聖士は皆に名前で呼ばれている。

彼らは皆この場所を、正式名称は東京天文台だが、「麻布《あざぶ》」もしくは「麻布天文台」と呼んでいた。

「栄君、今日は何の勉強に」

「シデロスタットが見たいです」

栄がそう答えると、平村聖士は目を丸くした。シデロスタットとは時計仕掛けで動き、ひとつの天体の光を鏡で反射させて分光器《ぶんこうき》に集める装置だが、八歳の少年がそんなものに興味を持つことにも、名称をしっかり覚えていることも驚きだった。國善はすでに、栄と台員たちの会話についていけない。

感心しきりの二人の平村博士に連れられて、栄は講義室から分光器室へと向かっていった。

小橋も続いて、「國善君、僕、これから本郷へ行かなくちゃなんでね」と出ていった。

取り残された國善は、淡い期待を抱いて一人赤道儀室へと向かった。どきどきしながら階段を上がり、ドアを開けた。そして嬉《うれ》しさと緊張のあまり真っ赤になって、挨拶の一言すら発することができなかった。

「あら國さん、こんにちは」

振り向いた晴海が微笑みかけた。國善は「あの、その」と要領を得ない返事をして、さらに緊張した。

最初に栄がこの天文台に忍び込んだときに、國善が最初に出会った女性の名前は藤崎晴海《ふじさきはるみ》だった。正規の台員ではないが、観測データのノートや書類の取りまとめ、事務作業をしているという。歳《とし》は國善の二つ下で二二歳だった。赤道儀室にいることが多く、國善は栄が天文台の人たちに講義を受けたり、観測に夢中になったりしている間に、晴海に会うことだけを目的に、一人で赤道儀室にやってくる。

晴海は望遠鏡の向こう側に置かれた机の前に座って、鉛筆を手にノートに数字を書き込んでいるところだった。ふっくらとした頰に黒い髪がはらりと垂《た》れて、細い目が自分を見つめているだけで、國善はどぎまぎとしてしまう。

「今日、栄君は？」

「さ、栄君はいま、えっと、そ、その、シ、シール、スタート、みたいな名前の……」

「シデロスタット？」

「そ、そう、それです」

晴海はおかしそうに微笑んでから、この天文台にある器械の名称をすらすらと指を折りながら言った。

「難しい言葉ばかりだものね。トロートン赤道儀、メルツ赤道儀、レプソルド子午儀、ゴーチエ子午《しご》環《かん》、テッパー分光太陽写真儀、シュタインハイル太陽写真儀」

「な、何かの、じゅ、呪文《じゅもん》みたいです」

國善はそう言うと、お手上げですとばかりに肩をすくめた。

「私も覚えるの、すごく時間かかった」

晴海は小さく舌を出した。そして小ぶりな木製の椅子を國善に勧《すす》め、自分も望遠鏡の向こうからパイプ椅子を持って國善の近くにやってきた。

毎日のように栄と天文台に通い、晴海ともこうして何度か会ううちに、國善は岩手の早池峰の出身であること、作家を志していることと、しかしなかなかうまくいかず、栄の両親である下宿先のご主人とおかみさんに世話になりっぱなしのことなど、少しずつだが晴海に伝えることができた。晴海は無口で朴訥《ぼくとつ》とした國善の言うことを、呆れることも急《せ》かすこともなく、じっくりと耳を傾《かたむ》けてくれていた。國善にしてみれば、女性とこんなに会話をしたことはない。訛りと吃りがきつい自分の話をちゃんと聞いてくれるだけでも感激だった。

「國さん、三ツ矢シャンペンサイダー、飲んだことある？」

「ああ、い、一度だけ、あります」

昨年から大流行《だいりゅうこう》している、発泡飲料水のことだった。しかしお金はほぼ本に注ぎ込んでしまうので、國善は下宿のおかみさんにもらったときにしか飲んだことがなかった。

「いいなあ。私、まだ飲んだことがないの。ねえ、じゃあ赤玉ポートワインは？」

「ぼ、僕は、お酒は、の、飲めなくて」

「実は私も」

晴海はまた、ぺろっと可愛《かわい》らしく舌を出した。國善はそんな晴海のちょっとした仕草《しぐさ》のひとつひとつに、いつもどぎまぎしてしまう。

「そうだ、また本の話を教えてくださる？　このあいだの続き」

「は、はい、泉鏡花《いずみきょうか》の話、でしたね」

作家志望ということから、晴海が最近の本や作家について質問したのが始まりだった。そして國善が小説の内容や、その評価などを教えると、晴海は「読まなくても詳しくなっちゃった」と喜んだ。

「ぼ、僕が、自分でも書きたいと思ったのは、ちゅ、中学生のころに読んだ、『高野聖《こうやひじり》』という小説が、たぶん、きっかけの、ひ、ひとつでした」

信州の山奥で、高野山《こうやさん》の僧侶が体験した、神秘的な美女と、彼女に隠された恐ろしい秘密。いつか自分も、こんな幻想的で、しかも艶《なま》めかしい、怪奇話を書き上げることができたらと、國善は中学生のころから想《おも》い続けていた。

もう何十回と繰り返し読んでいるそんな物語を、國善は晴海に語って聞かせた。語り終えると、晴海は目を閉じ、その余韻に浸《ひた》っているような表情になった。

「ど、どう、ですか」

國善は恐る恐る聞いた。自分の話はわかりやすかっただろうかという心配と、自分がとりわけ好きな作品を、晴海がどう思ったのかを早く知りたいという気持ちの二つの意味だった。晴海は、そんな國善の気持ちをきちんと汲《く》んでいた。

「すごく引き込まれるお話だった。何度もぞくぞくってしてた」

晴海は頷きながら言った。

「それに國さん、國さんはお話を語るとき、人が違ったみたいになるわ。すごく上手なの。よく言われるでしょう？」

「え、いや、そんなこと……」

國善は一瞬、晴海が自分をからかっているのかと思った。自分が人と喋《しゃべ》ることがとにかく不得手だということくらい、自覚はちゃんとある。子供のころも、作文を褒《ほ》められることはあったが、話していることが要領を得ないと、それが理由で教師に叩《たた》かれたこともあった。しかし晴海の目はとても冗談を言っているようには見えなかった。國善は、何と返事をしてよいのかわからず、「あの、その」と、またもごもごと俯《うつむ》いてしまった。

「國さん、いる!?」

そのとき、外から階段を駆け上がる小さな足音が聞こえてきて、勢いよく栄が飛び込んできた。

「栄君、こんにちは」

「あ、こんにちは、晴姉ちゃん」

「栄君が遊びに来てくれるようになって、ここもずいぶん賑《にぎ》やかになったわ」

栄は「てへへ」と頭をかいて、晴海はその頭をよしよしという風に撫《な》でた。國善は自分が栄の登場に救われたのか、それとも邪魔をされたのか、どちらかわからなかった。そして、正直な気持ちは頭を撫でられている栄が羨ましかった。

「栄君、今日は金星がこんなに大きく見えるわよ」

「見たい見たい」

栄はすぐに晴海の近くに駆け寄って、望遠鏡にかじりついた。

夕暮れ過ぎに帰る前に、栄は國善に「國さん、景色を見ていこうよ」と天文台の崖側のほうへ誘《さそ》った。何度か通っているうちに、この土地はかつて海軍の観象台と呼ばれる場所だったことを聞いた。確かに海からいちばん近い高台はこの場所だ。天文台としても適地だったのだろう。

海に向かって左、つまり東の方向には芝公園の小高い丘がある。そこから南のほうへ目を向けると品川の海が広がっていて、夜になると漁火《いさりび》が見える。真下に目を向けると、大小様々な家屋が乱雑に並んでいて、その少し先に慶應義塾大学の丘陵が見えた。

「ここって本当は二五〇〇坪もあったりしたりしてね」

急に後ろから声をかけられて振り返ると、寺山がいつものように飄々とした風情で立っていた。國善は慌てて頭を下げて、栄は「こんにちは」と嬉しそうに挨拶をした。寺山は表情を変えずに人差し指で口髭を撫でつけるような仕草をして、國善と栄の隣に立った。

「でもね、この崖で一〇〇〇坪は持ってかれちゃってたりするの」

「差し引きで一五〇〇坪ということですね」

「ご明算」

栄のはきはきとした言葉に、寺山はこっくりと頷いた。

最近はこの界隈《かいわい》は市街化が急速に進んでいる。そのぶん、夜間でも街灯が明るく、麻布天文台は三鷹《みたか》に移転するという計画が進んでいた。その計画の理由のひとつには、土地の狭さもあった。

「國善君、小説のほうはどうなのかな」

寺山は唐突に話を変える癖があった。國善は面食《めんく》らって「え、あの」としどろもどろになった。最近はあまりにも文芸雑誌の不採用が続きすぎて、やる気をなくし始めていた。それをどんな風に返事したらよいのか、頭の中で文面を組み立てているうちに、栄も國善に聞いていた。

「國さん、人の目が飛び出るってどんなことなの？」

寺山の質問に慌てているうえに、栄の質問の意味がわからず、國善はただ「目が飛び出る？」とおうむ返しで聞き返した。

「父さんと母さんが國さんのこと、いい青年だけど作家としてはなかなか目が飛び出ないねって話してたよ」

「芽が出ない、だね。草木の芽のほうだよ」

栄の勘違いに國善は冷静に答えた。本気で受け止めてしまうとどこまでも落ち込んでしまうので、必死に聞かなかったふりをした。

実際のところ、小説の執筆はまったく進まずやる気もなくしかけていたが、栄のお守りという名目で、この麻布天文台に通っていることは、國善にとって大きな力になりそうだという予感はどこかにあった。寺山台長を筆頭に、天文に夢中の博士たちや技師や学生たちの姿、彼らが語る天体の話の数々、そしてそれに憧れている栄の眼差《まなざ》し、ふだんではなかなか見られないドイツ製の望遠鏡や何に使うのかもわからない機械類やそれを囲む奇妙《きみょう》な形の建築物。

日露戦争が終わってまだ五年足らずだが、そんな世事とはある意味でかけ離れた、まさに浮世離れという言葉がしっくりくる環境にいると、まだ言葉にも形にもできないが、今後の自分の創作に大いに影響を与えそうだと感じていた。

そして何よりも、ここには晴海という女性がいる。

「國善君、明日はぜひ来てくれるかな。栄君ももちろん」

寺山台長は芽が出ない話には反応せず、のんびりと言った。

「はい、ぼ、僕はいつでも」

「談話会だったりしてね」

「だ、談話会、ですか？」

寺山は品川沖のほうへ目を向けたまま「うん」と頷いた。

「一〇年続いてる月に一度の集いってやつなのね。ここの連中と、本郷や技術者、京都や早池峰の天文台の連中もたまにやってくる」

「早池峰？」

國善は驚いて聞き返した。それは國善の故郷だった。

「昨年、新しい天文台を開設したんだよ。そうか、國善君は岩手だったたね」

「そ、その早池峰は、まさに、ぼ、僕の出身地です」

國善はまさか東京で聞くことがあるとは思わなかった故郷の地名に、驚きと興奮を覚えて急いで返事をした。

「知らなかったりしたかい？」

「は、はい、進学してから故郷《くに》には、か、帰っていなかったもので、その」

國善は答えた。医者になれと育てられてきたのに文学に夢中になって、医学校を出たのに東京へ行ってしまった手前、國善は故郷に帰ることができずにいた。まさかそんな土地に天文台が作られていたとは思いもしなかった。

「明日は早池峰天文台の台長も来たりするよ。面白《おもしろ》い男だから、ぜひいらっしゃい」

寺山台長はそう言うと、國善にこくっと頷き、栄に手を振って、すたすたと歩いていった。


寺山が言う「談話会」と称した集いは講義室で行われ、麻布の台員たち以外にも一〇人近くの人物が集っていた。皆すでに顔見知りのようで、寺山台長が國善と栄を紹介した。はきはきとした少年に全員が相好《そうごう》を崩し、國善は初対面の大人たちにひたすら緊張して、それぞれの自己紹介の言葉もほとんど頭に入ってこなかった。

そんなメンバーの中心人物は、早池峰天文台の台長、木戸英二《きどえいじ》だった。

木戸は平村聖士と東京帝大星学科の同期の三六歳で、昨年まではこの麻布天文台に勤務していた。地球の自転軸が地球に対してわずかに移動する現象があり、それを極運動《きょくうんどう》と呼ぶ。この数値を国際協力で解明するために、日本では國善の故郷、早池峰に緯度の観測所が作られることになった。その初代台長に選ばれたのが若き木戸だった。

木戸は巨漢《きょかん》で、その体格だけでも圧倒的な存在感なうえに、声も張っていて大きく、身振りも激しかった。あらゆる点で國善と対極のような人間だった。談話会はそんな木戸が自然と司会役になっていた。そして豪快《ごうかい》そうに見えて、話題ごとに相応しい人物に話を聞くなどの、繊細《せんさい》な気遣《きづか》いもあった。

今回の談話会の主題は、ハリー彗星《すいせい》のことだった。

「國善君は知ってるかい、ハリー」

木戸が聞いたが、國善はもちろん初耳だった。そもそも天文の知識がなく、ここに通うようになって多少は星々のことを覚えたが、台員たちが教える話を猛烈な勢いで吸収する栄には、到底敵《かな》わなかった。

「いえ、その、ぼ、僕はわから……」

「エドモンド・ハリーが発見したほうき星のことだよ」

國善が顔を赤らめていると、栄がすかさず胸を張って言った。台員たちはいつものその姿に微笑みを浮かべ、初めて出会った人々は、尋常小学校二年生の子供からその名が発せられたことに、目を丸くして驚いていた。

「このあいだ、一尾先生に習ったんだ。ね、一尾先生」

栄は足を投げ出すように椅子に腰かけている一尾に言った。ふだんから無口で、いつも一人で研究に没頭している一尾は、栄に片目を閉じてみせた。台員たちからしても、あまり愛想の良くない一尾が、栄にはあれこれ教えている姿を微笑ましく思っていた。

「ハリーは七六年に一度、地球に接近するんだ。國さん、次回はなんと再来月なんだよ。すごいでしょう」

栄は嬉しそうに國善に解説した。その様子を見て木戸は、「わっはっは」と講義室の天井にまで響くような声で笑った。

「寺山台長、栄君はいまのうちに星学科のエリートとして育てるべきですな」

「とっくにそうしちゃってるよ。なあ諸君」

寺山は表情を変えずに、飄々とした調子で言った。田倉がおかしそうにその後を続けた。

「木戸先生、いまや栄君はうちの学生より宇宙《そら》を熟知しとうとです」

「そうか、栄君。今度ぜひ早池峰のほうにも遊びに来てくれよ」

「國さんの故郷なんでしょ。一緒に行こうよ、ね、國さん」

「う、うん」

國善は慌てて頷いた。もうどちらが子供なのかわからなかった。一尾が栄に声をかけた。

「栄君、ハリー博士はハリー彗星を見ずに発見したのさ。前に教えたかい」

「ううん」

栄は驚いて首を横に振った。一尾は人差し指を上に立てる仕草をして続けた。

「そこがハリー博士のすごいところさ。過去の天文の記録を研究していたとき、一五三一年、一六〇七年、一六八二年に地球に接近した彗星があることがわかった。そのころは写真機もないんだよ。でもハリー博士はその軌道が似ていることに気づいたのさ。そしてこれは同じ周期で太陽のまわりを回っている同じ彗星なのではないかと結論づけた。そして次は一七五八年に、またその彗星が飛来すると予言した。ハリー博士はその一六年前に亡くなったが、予言どおり、一七五八年のクリスマスの日に地球に近づいてきているのが発見されたのさ」

「すごい……」

栄は思わず呟いた。國善も声こそ出なかったが、ハリー博士の偉業《いぎょう》と、その神秘的な彗星の話にすっかり魅了されていた。

「そしてその彗星は、ハリー博士に敬意を表して、ハリー彗星と名づけられたのさ」

続けて、田倉が優しく栄に語りかけた。

「栄君はまだ小さいけん、長生きすれば二度見られるかもしれんね。でもだいたいの人にとっては、ハリーは一生に一度のチャンスやろうね。この天文台も、もうすぐハリー一色になろうもん」

「僕も観測したいです」

「栄君はもう重要なここの一員やけん、しっかり頼むよ」

「はい」

栄は元気よく返事をした。國善は前から思っていたが、栄には純真で頭のいい子供ということ以外にも、大人を惹《ひ》きつける魅力のようなものがある。はたして、いまここにいる台員たちはもちろん、いつのまにか仏頂面《ぶっちょうづら》の役人や強面《こわもて》の新聞記者まで、可愛い息子や孫を見るような目になって栄に微笑んでいた。

「またあちこちが騒然とするんでしょうかね。どうですか、寺山台長」

木戸が聞いた。國善にはその言葉の意味がわからなかった。寺山は「どうだろうね」という感じで肩をすくめただけだった。國善に続いて栄も不思議そうな顔をしたので、田倉が話を繋いだ。

「昔は、いや、いまでもそう信じとう人も多かけど、彗星は凶星《きょうせい》だと思われとってね」

「きょうせい？」

田倉の説明に小橋が続けた。

「不吉《ふきつ》なことをもたらす星のことだね。とくにハリーはでっかく見えるから、古代ではそう思われてね。ローマの皇帝が死んじゃったのも、アフリカで戦いが起こったのも、オーストリアが滅亡しちゃったのも、インカ帝国が滅んじゃったのも、全部ハリー彗星がもたらした災いだって」

続いて、一尾が人差し指を立てて栄に言った。

「一〇六六年にはノルマン人が英国への侵攻に勝利したんだ。そのときの様子が七〇メートルもある大きな絵画のような刺繍《ししゅう》に描かれている。そこには負けたほうのハロルド王の家来たちが、戦いの前に、上空を見て怯《おび》えている姿があって、そこに描かれているものこそ、ハリー彗星なんだ」

これまで黙《だま》って皆の話を聞いていた、平村誠一博士がゆっくりと口を開いた。

「栄君、英語で災害のことをdisasterというんだ。これはdisとastrum

という二つの言葉からできている。これを日本語にすると、『死の星』といったところだね。つまり災害をもたらすのは彗星だというわけだ」

「となるとエンケやウォルフといった彗星を何度も観測している我々は、とっくに呪い殺されてなければなりませんな」

木戸はそう言うと、自分の言葉におかしくなったようで、わっはっはと笑った。

國善はふと、ある話を思い出していた。祖父母に聞いたのか、それとも近所の老人に聞いたのか。それは忘れてしまったが、幼いころに故郷で聞いた話であることは間違いなかった。その話の輪郭が頭の中で明確になっていくと、國善は自然と話し始めていた。

「私の村に伝わる話です。遠出を終えた青年が山を越えて自分の村に帰ろうとしていたとき、ふと開けた山道の向こうから、とぼとぼと一人の少女が歩いてきます。青年はどこかで見たような子だと、近づくと、その姿に驚きます。それは自分が小さいころに、神隠しにあった同い年の少女でした。少女は当時の姿のままで、赤茶色の粗末な着物も、青年がかつて見慣れていたものでした」

これまでのざわめきが、ぴたりと止まった。講義室にいる全員が、國善の話に瞬時に引き込まれていった。そして、初対面ではない台員たちは皆、國善が訛りも吃りもなく、それどころかこれほどしっかりと、流暢《りゅうちょう》に話ができることを初めて知り、その驚きもあって声も出なかった。

「青年は尋ねます。おまえはいったい、どこで何をしていたのだと。しかし少女はそれには答えません。そのかわりに、今年は畑を耕してはいけません、実りはほとんど生まれません、来年まで堪えるのですと諭《さと》しました。青年がなぜかと問うと、少女はただ、星がやってくるから、とだけ答えました」

國善はその情景を思い浮かべるかのように、ゆっくりと目を閉じた。

「そのまま少女は消えてしまいました、村に帰ると、青年は全員にこの話をしました。少女の父親は青年に詳しい場所を聞くと、少女がいたほうへ数人の男たちと探しに行きました。しかし少女は見つかりませんでした。やがて、青年は狐《きつね》につままれて幻でも見たのだろうということになりました。しかしその年、これまでに見たこともない大きなほうき星が空を通っていきました。そして何が原因なのかはわかりませんでしたが、畑は枯れてしまったそうです」

國善が語り終えた後も、誰も何も言わなかった。國善は急に素《す》に戻った。自分はなんと場違いなことをしてしまったのかと、真っ赤になって慌てた。

「あ、あの、と、突然すいません、なんか田舎の、は、話なんかしてしまって」

それでも皆、無言だった。やがて田倉がぽつりと口を開いた。

「國さん、すごかやないですか」

田倉の言葉を聞いても、國善には意味がわからなかった。自分が物語を語ると人はぐっと引き込まれていくことなど、まったく自覚などなかったからだった。しかし話の内容だけでなく、國善の話術のようなものは、確実にここにいる全員を早池峰の小さな村へと誘い、奇妙な話を間近で体験しているような気分にすらさせていた。

田倉の言葉に、台員たちとそれ以外の人々は、少し違うニュアンスだが全員頷いた。

「國善君、いまのがあの村に伝わる話なのかい?」

木戸が大きな声で聞き、國善は少し萎縮しながら「は、はい」と返事をした。

「なんせ私はまだ早池峰に一年でね。あそこにそんな不可思議な言い伝えがあるとは」

「そ、その、僕はそういう話を、幼いころからいくつも聞いて育ったもので」

そのとき、これまで一言も発していなかった男が、「佐澤さん」と國善に声をかけた。

男はこの中でいちばん仕立ての良い着物を着ていた。歳《とし》は木戸や平村聖士と同じくらいの、三〇代半ばのようだった。最初の木戸の紹介をうろ覚えで、國善は名前や素性がわからず慌てた。立派な口髭をたくわえていて、ふと見たところ政府の役人のように見えた。

「は、はい」

「日を改めて、そういったお話をまとめて聞かせてはもらえないでしょうか」

「法制局の参事殿も、かつての文学の血が騒ぎましたかな」

木戸が愉快《ゆかい》そうに笑った。本当に政府の役人だったのかと、國善はびっくりした。

「國善君、こちらの宮田さんは官僚だがそもそも文学に造詣《ぞうけい》が深くてね。島崎藤村、田山花袋とも親交があるし、ご本人も若いときは詩人として作品を発表されたこともあるんだ」

宮田がいたって堅物《かたぶつ》で真面目そうな風貌だったので、その木戸の説明に國善はさらに驚いた。

そして彼が宮田《みやた》喜治《よしはる》という名であったことをようやく思い出した。

「木戸先生、文学はとうに諦めていますよ」

宮田はふっと笑った。そして國善を再び見て続けた。

「法制局の前は、私は農商務省におりましてね。年中、日本各地の農村の実態を調査して回っておりました。東北はとりわけよく出向き、早池峰ももちろん数度訪れています。それぞれの地方を訪れると、よく地元の老人たちがその土地の言い伝えや民話を教えてくれたものです。しかし、そういった話はいまだ書物として編《あ》まれたことがない。役人の仕事の傍《かたわ》ら、いつかその作業に取り掛かりたいと思っていたのですが、なかなかきっかけがなく数年が過ぎてしまいました。でも佐澤君……國善君、君のその達者なお話をいくつか伺えれば、いよいよ始められるかもしれない。どうか協力いただけないでしょうか。いや、一緒にやりませんか」

國善は宮田の話を聞くだけで舞い上がってしまい、赤くなって要領を得ない相槌《あいづち》を打つことしかできなかった。栄が目を輝かせて國善を見ている。木戸や両平村博士、一尾、高代、小橋、田倉も嬉しそうな顔をしていた。寺山台長は髭に手をやって口笛を吹く仕草をしていた。

下宿のおかみさんが、いつも栄が天文台の皆さんにお世話になりっぱなしだから、ときどき何か持たせなきゃと悩んでいたので、國善はすかさず「三ツ矢シャンペンサイダーがいいと思います」と答えた。もちろん、本当の目的は晴海と一緒に飲むことだった。

「おいしい。すごく不思議な味がする」

晴海はサイダーの瓶《びん》を大事そうに指先で持っていた。栄は辛抱《しんぼう》できなかったらしく、栓を開けるなりほぼ一気に飲み干してしまっていた。晴海は自分の残りを差し出したが、栄は恥ずかしそうに「いいよ」と首を横に振った。

そして昨日の談話会での出来事を國善ではなくほとんど栄が説明すると、晴海は我がことのように喜び、ぱちぱちと手を叩いて國善に微笑んだ。宮田は今日、さっそく國善を訪ねてくる予定になっていた。

「すごいじゃない。ぜひやるべきだと思うわ」

「その、ぼ、僕はずっと聞いてきた村の話を基に、それを小説にしようと、そんな風に思って、やってきました。宮田さんは、僕の話をそのまま書き取っていきたいと、そ、そんな風におっしゃってる」

　天文台の皆も、そして栄も晴海も喜んでいるが、それでも國善は本当にいいのだろうかという思いが拭《ぬぐ》えずにいた。談話会の後で宮田に聞くと、執筆は宮田がやると言い張った。國善はただ、幼いころから聞いてきた話を、なるべく思い出し、語ってほしいと。自分は作家になりたい、自分の筆で作品を書きたいと強く思っているのに、それは不要だと言われたような気分だった。

　晴海は國善を見つめて言った。

「國さん、國さんは自分の信じるように小説を書けばいいと思うわ。でも、國さんの力を違うことに使いたいという人がいたら、そのときは違うやり方でも、やってみることも必要だと思うの。私ね、人は誰もきっと、何かの役割を持ってるんじゃないかって、そんな気がするわ」

「役割？」

「そう。國さんは小説を書くのも役割かもしれない。でも、おじいさんやおばあさんの世代の人たちの話を、語り継ぐことも役割かもしれない。自分の筆で小説を書くことが役割かもしれない。でも違う人の筆のために、語ることが役割でもあるかもしれない。それは、実際にやってみないとわからないいんじゃないかしら。もしかしたら本当の役割は何かってわかるのは、もう國さんがいなくなったずっと先の未来になってからかもしれない」

國善は晴海が言うことを、頭の中でひとつひとつ整理していった。晴海の言葉はいつもながらに明快で無駄がない。しかしどうしても、納得ができず、國善の中にはいつまでももやもやしたものが残った。

「お昼の月も神社の白石のように綺麗だね」

國善の心の変化に気づいたのか気づいていないのか、いつのまにか望遠鏡を覗《のぞ》き込んでいた栄が、やけに神妙《しんみょう》な声で言った。

「栄君、なんだか素敵《すてき》な詩みたいだわ。國さんの影響かしら」

「いや、さ、栄君はもともと、あ、頭が良いから」

晴海の笑顔に、國善は赤くなりながら首を横に振り、照れ隠しでサイダーをぐっと一口飲み、そして「ごほっ」とむせた。

國善はひとまず宮田の申し出の件を頭から追い払い、この数日、晴海にずっと口にする勇気がなかったことを、我慢《がまん》できず、思い切って言ってみることにした。

「は、晴海さん。このあいだお話しした、と、徳冨蘆花《とくとみろか》の、ほ、『不如帰《ほととぎす》』ですが」

「覚えてるわ。そのお話、映画にもなったんでしょう」

國善は頷いた。そしてその小説の話をしたのも、これから言い出すことのためでもあった。

「え、映画にもなりましたが、その、いま、ぶ、舞台がかかっていて、なかなかの、その、ひょ、評判だそうです」

「まあ、それは面白そう」

「ほ、本郷座《ほんごうざ》での、上演です。学生時代の、ゆ、友人が切符を貰《もら》ったとかで、それを、その、ゆ、譲《ゆず》り受けることが、できるのです」

「本当？　國さん、羨ましいわ。ご覧になったら、またそのお話も聞かせてくださいね」

國善は思わぬ返事に言葉を詰《つ》まらせ、ごくっと飲み込んだ。今日は必死の覚悟を決めて、その舞台に晴海を誘おうと、下宿の部屋で何回も何十回も、その会話を「予習」していた。ところが、この晴海の返事は想定していなかった。そして頭の中できちんとした返事を吟味する余裕もなくなってしまった。

「は、はい、見ましたら、か、必ず」

國善は思わず頷いてしまった。なぜ「いえ、晴海さん一緒に行きましょう」と、すぐに自分は言えなかったのか。そしてなんとか顔に出さぬように、しかし心の中ではこれまでになくらい、果てしなく落ち込んでいった。

「國善君、いるかい」

そのとき、外から声が聞こえた。宮田だった。國善はいま宮田に呼ばれたことが良かったのか悪かったのか、自分でもよくわからなかった。晴海にぺこりと頭を下げ、栄に小さく手を振って、赤道儀室のドアを開けると、外への階段を下っていった。

宮田の顔を見ると、また先ほどの悩みがぶり返してしまう。晴海を誘うことにも失敗し、本意ではないことをこれからやることになるかもしれない。國善はそっと溜息をついた。

宮田とともに講義室へと向かうと、外壁の黒板に一尾が何やら熱心に白墨で書き込んでいた。また難しい数式なのだろうかと覗き込むと、國善はそこにあったものに驚いた。それは数式ではなく、玄人はだしな絵だった。そして國善はその図版などを見たことがなかったにも関わらず、それがハリー彗星だとすぐにわかった。

「これはこれは見事だね。一尾君」

宮田も感心したように呟いた。しかし一尾は宮田と國善のほうに、少しだけ顎《あご》を向けるとそれを挨拶としたらしく、何も言わずにまた絵に戻った。一尾は縦横それぞれ八〇センチほどを使い、黒板自体の黒色を宇宙《そら》に見立て、月やいくつかの星々、そしてその中央を流れるように見える彗星を、白墨のかすれをうまく使ってその光や尾を表現していた。

「天才は何をやらせても、といったところなのかな」

一尾が反応しないことには宮田も慣れているのか、本人に言うでもなくそう呟くと、絵に見とれている國善に、「中へ」と仕草で促《うなが》した。

講義室に入ると、二人の平村博士と高代が大きな模造紙に記された暦を広げて、何やら真剣に話し合っている最中だった。

「これは失礼」

宮田が頭を下げると、平村誠一博士が隣のほうを指差した。

「宮田さん、國善君、図書室がいま空いてるよ」

「ありがとうございます」

國善と宮田は、三人の脇を抜けて廊下に出て、言われたとおり隣の図書室へ入った。そこは講義室よりは狭く、小学校の教室ほどの広さだが、壁面はほとんど書棚で覆われ、天井までぎっしりと本で埋め尽くされていた。ほとんどが天文の資料で、海外の貴重なものもかなりあるという。それだけではなく、背表紙が金文字の大学や海軍の分厚い年鑑や、なぜか國善が好む文芸雑誌も積まれていたりもした。

四人掛けの洋風の丸テーブルが二つ、本に埋もれるように置かれていて、國善と宮田はそのひとつに座った。宮田は立派な革の鞄《かばん》から、まず一冊の雑誌を取り出した。

「國善君、これ知ってるかい」

「こ、これは……」

その雑誌には「白樺《しらかば》」という題名と、その名のとおりに白樺の木の絵があしらわれていた。書き上げた小説を持ち込んだ出版社で、噂は聞いてきた。東京帝大や学習院大を出た、文学を志す二〇代の金持ちの息子たちが文芸雑誌を作るらしい。これがそうかと、國善は目次に踊る聞いたことのない作家たちの名前を、どこか苛立《いらだ》ちを持って見つめた。

「明後日の四月一日に刊行されるらしい。知人が目を通してくれと、さっき持ってきてね。國善君がいちばん興味を持つかなと」

興味は多いにあった。しかし國善は目次を見ただけで、それ以上の頁をめくりたい欲求をぐっと抑えた。それは作家として一向に芽が出ない自分の、嫉妬や悔しさのようなものだという自覚はあった。ただそれに押し流されてしまわぬよう、自分の頭の中に浮かびそうになる罵倒なのか負け惜しみなのか、そんな言葉を必死に消した。

「五月のこれも一日には、今度はそこからも一冊出るらしい」

宮田は壁の向こうの、斜め下のほうへ指を向けて言った。國善は意味がわからず、そんな顔を宮田に向けた。

「森鷗外先生や上田《うえだ》敏《びん》先生の後押しで、永井荷風君が中心になって作るらしいよ。題名は『三田文学』だったかな」

宮田が指をさしていたのは、麻布天文台の崖の下の先、つまり慶應大学の方向だった。鷗外と上田は文学科の顧問、荷風は主任教授だ。

「いろいろなところから、文学の新しい潮流が生まれ始めているのかもしれないね」

自分はしょせん、どんな流れにも乗れていないんだ。そう思った瞬間、ふっと、國善は心も頭も静かになった。もう何もかも、自分の望むとおりにはならないんだと、そんな自暴自棄《じぼうじき》のような気持ちが限界を超えてしまったような感じだった。

その後、國善はただ淡々と、宮田に故郷の言い伝えを語っていった。

四月になって、栄の三年生としての新学期も始まったが、結局学校から帰ると、おかみさんが用意したおやつを口に放り込み、國善を促し麻布天文台へと走っていくのが日課となった。

ただ、國善は自覚も多少はあったが、明らかに様子が変だった。誰からも、いつも苛立ちのようなものを抱えているのが見てとれた。國善はそれを、いちばんぶつけたくない相手にぶつけてしまった。

「國さん、あんまり顔色が良くないわ。大丈夫？」

赤道儀室で晴海が國善の顔を覗き込んだ。栄は平村博士たちとともに講義室で、江戸時代に描かれたという天文図に夢中になっていて、赤道儀室は二人きりだった。これまでの國善ならば、緊張こそするが晴海と狭い空間で二人きりでいられるのは喜びだったはずだが、この数日のもやもやは、そんな嬉しい状況の中でもなんら変わることはなかった。

「こ、このあいだ、は、晴海さんは、人には役割が、その、あるって」

國善はぽつぽつと、いつのまにか語り出していた。晴海は「ええ」と笑みを浮かべて頷いた。

「で、でもそれは、す、少し違うんじゃないかなって、ず、ずっと思ってて。ぼ、僕はやっぱり、自分で小説を書く、作家に、な、なりたい。そ、それには、やっぱり宮田さんとのことを、つ、続けてたんじゃ、いけない、気がする」

「どうして？」

晴海は真顔で聞き返した。國善は、ごくりと唾《つば》を飲み込んでから続けた。

「や、役割を見つけるのって、む、難しいと思う。寺山台長や、み、みんなは、ほ、星が好きで、その才能もあって、こ、ここで働いている、んだと思う。み、宮田さんだって、ほ、本当は役人としての、ちゃんとした職務が、ある。ぼ、僕には、まだ、な、何もない。でも、作家になろうって、気持ちだけは、つ、強く持ってる、つもり、なんだ。なんだか、いま、やってることは、だ、妥協《だきょう》してるって、いうか、安売り、してるっていうか」

「國さん」

晴海は少し強い口調で、國善の言葉を遮った。

「私、國さんにはお話の才能があると思う。そしていま、その力を望んでる人がいる。でもそれをしたくないっていうのなら、そこで才能を使い果たしてしまうって思ってるなら、そんな國さんが書いた小説は、きっと人には伝わらないと思うわ」

國善は晴海が何を言っているのか、しばらくわからなかった。これを小説を売り込みに行った出版社の編集者に言われたのなら、かっとなりつつも、納得はしなくても、言葉自体はすぐに理解できるだろう。しかし、まさか、いつも優しく微笑んでくれる、自分がすっかり惚《ほ》れてしまっている女性の口から発せられると、耳なのか脳なのかが、その言葉を受け入れることを瞬時に拒否してしまったような感じだった。

國善はがたっと椅子を尻《しり》で押し出すようにして立ち上がった。危うく屈折望遠鏡に頭をぶつけそうになってしまったが、ずいぶんここにいるおかげで、ぎりぎりのところで避《さ》けることができた。

晴海に何かを言い返したかった。晴海くらいしっかりと、明解な言葉で言い負かしてやりたかった。しかし言葉は何も浮かばない。國善は思わず、「くそっ」と吐《は》き出すように呟いてしまった。そして自分の発してしまった汚い言葉に驚いた。晴海は、表情を変えずに國善を見つめていた。

國善は、息を大きく吸い込んで、赤道儀室を飛び出した。

國善は麻布天文台から飯倉交差点までただひたすら走った。もともと体力はそれほどなく、その一〇〇メートルばかりで、膝《ひざ》を押さえてぜえぜえと屈《かが》みこんでしまう羽目になった。

「國善君、かけっこかね」

やけにのんびりとした声が隣から聞こえてきて、國善は「え？」と、なんとか顔を上げた。

するとそこには、寺山が立っていた。その涼しい表情と小粋な格好にはまったく似つかわしくない、四輪の大きな荷車を引いている。

「だ、台長、そ、それは」

「いまからちょっと品川沖までね。ちょうど飛んで火に入ってくれたりしたね。國善君、これ頼める?」

寺山はそう言うと、國善の返事を待たずに荷車の取っ手の棒をまたぐと手を離した。國善は慌ててそれを押さえ、寺山の代わりに荷車を手にした。まだ荷物は何も積んでいなかった。國善は言われるがまま、すたすたと歩く寺山の後ろを荷車を引きながら、やや小走りで追いかけていった。

「台長、う、海には、その、何をなされに」

「國善君、宮田君との作業は進んでいるのかな」

慣れたつもりでも、寺山のこの調子にはいつも面食らう。國善は自分の質問の返事はおそらくないなと諦めて、「はあ」と溜息混じりに頷いた。たったいま、このことで晴海に悪態をついてしまったところだ。

「それが、その……」

國善はどこまで話そうかと悩んだが、その必要はなかった。またしても寺山は國善の返事など聞いていないかのように、自分から話をし始めた。

「宇宙《そら》を相手にした仕事なんかしてたりすると、ときどき、誇らしさと虚《むな》しさを同時に感じることがあったりするよ。新しく知り得たことがある。すると同時に、まだ知り得ないことまでわかってしまう。その繰り返し。何百年前からの、世界中の先人の観測と思考のおかげでいまがある。そしていま麻布にはこれだけの才能が集っている。しかし解けない謎がある。いつの日か、私たちがその先人の立場となって、後世の人々はより深く、宇宙《そら》を知ることになったりする」

國善は寺山の言葉の意味を考えた。自分がただ単に、未来で解き明かされる何かの真理の過程の駒《こま》にすぎなかった場合もあるわけだ。すると寺山はそんな國善の思いを察したわけではないだろうが、のんびりと続けた。

「でも、ひとつの真理に向かって、こうして仲間たちと研究ができる。それはかけがえのない幸せだったりするんだなって、この年になってようやくわかってきたりしてるよ。その点、國善君は若いうちにいろいろあって、よかったね」

國善は驚いて、思わず寺山の背中に向かって「え」と声をかけた。

「だってそうだったりするじゃない。君はとても上手に古い話を語る。しかもいろんな話を知ってるそうじゃないか。つまり君は、地元の老人たちが、思わず心を開きたくなる才能もあったということだ」

頭をよぎったこともない考え方だった。訛りと吃りがきつい自分が、話が上手だと言われたことも驚きだった。しかし、寺山はその前段階の、子供のころから國善が言い伝えや民話を様々な大人たちに語ってもらっていたこと自体を、才能と呼んだ。

「いやいや、羨ましいかぎり。さて、先を急ごう」

寺山はそう言うと、左にこんもりと芝公園の丘陵が見える道を、歩調を早めて進んでいった。國善は慌てて、荷車を押す腕に力を込めた。

品川沖で、寺山は海軍基地から何やら謎の機械を、國善にはわからないがそれなりの地位の将校から受け取った。五つの機械と、小さなそれに付随している装置、そして電気用の線を数本を荷車に詰め込むと、それはかなりの重量感があり、ゆるやかな上り坂でもある帰り道で、國善はへとへとになってしまった。

押すだけでも大変なうえに、寺山は荷車の後ろに回り込んで、観察したり触れたりしていたので、先頭で引く國善は、それが何なのかを聞くことすらできないままだった。

麻布天文台に戻って、荷車を赤道儀室の前で止めたころには、國善は汗だくでだうずくまることしかできなかった。物音を聞きつけて、講義室にいた栄と、小橋と田倉の若手二人がやってきた。荷車を覗き込む栄の目が、いつになく輝いているのが國善にもわかった。

「お、國善君、重労働じゃん」

小橋が笑いかけた。國善は「は、はい」と頷きながらなんとか立ち上がり、荷車の中を覗き込んだ。

「あ、新しい、か、観測装置ですか」

運んできたのに何かを知らない國善が聞くと、小橋はふっと笑った。

「國善君、これ無線装置」

「む、無線装置？」

「無線って何？」

國善に続いて栄が小橋と田倉を見た。

「これがあると、遠くの人と、通信ができるすごか機械ったい」

田倉にそうは言われても、國善は何がどう動き、どう通信できるものなのか、まったく想像がつかなかった。電話機ならば、使ったことはないが新聞などで見たことはある。しかし荷車の中の機械は、それとはまったく違う形をしていた。電報のようなものなのだろうかと、國善は思った。

「三六式無線機。海軍の艦艇《かんてい》で使われとったとよ」

田倉が説明しようとすると、それを遮るように寺山がのんびりと言った。

「いつか、日本中の天文台が無線で繋がれば、楽しいことになっちゃったりするんじゃないかな。じゃあ諸君、よろしくね」

寺山は髭をすっと指で撫でると、皆の返事も聞かずに踵を返し、自室のある日本家屋のほうへすたすたと歩いていった。

「台長の新しもの好きにも困ったもんだねー」

寺山の姿が消えると小橋は溜息をつきながら、しかしどこか楽しそうに呟いた。

「ほら、ここはもともと海軍の観象台だったし、台長はそっちのお偉方《えらがた》とのつきあいも多いからね。きっと型落ちしたこれのこと聞いたら、すぐ欲しがっちゃったんだろうね」

田倉が続けた。確かにこの天文台には、他では決して見ない観測機器や高性能の時計だけでなく、講義室にはどっしりとした扇風機が置かれているし、ハイカラな寺山の洋装にはいつも驚かされる。

大人三人と栄は、やけに重い機械を荷車から狭い赤道儀室へ続く階段に運んだ。赤道儀室に國善が入ると、晴海はいなかった。小橋と田倉は、屈折望遠鏡の右斜め向こうの壁側にある机に、無線機の機械を並べると、説明図をもとにそれぞれの機械を繋いでいった。

右側の手前には三センチほどの厚みがある大学ノート大の白い石板の上に、取っ手のような金属を頑強《がんきょう》に固定した。その奥には映画の映写機のように大小の円に線がつたった機械。中央には大きなコイルのような装置。左側にはひときわ大きな、旅行鞄ほどありそうな黒い機械が置かれた。

田倉はそこから伸びた線を持って、國善と栄に肩をすくめた。

「さっき台長は、日本中の天文台で通信ができるって言いよったけど、そもそも不可能たい」

「どうしてなの?」

「だって栄君、ここから先に繋げる、肝心《かんじん》のアンテナがなかよ」

田倉はそう言うと、小橋が「ははは」と愉快そうに笑った。

「言ったろ。寺山台長は無類の新しもの好き。しかも機械には目がないんだ。まあアンテナももらってきたところで、そもそもどこの誰と無線でやりあうんだって話だよ」

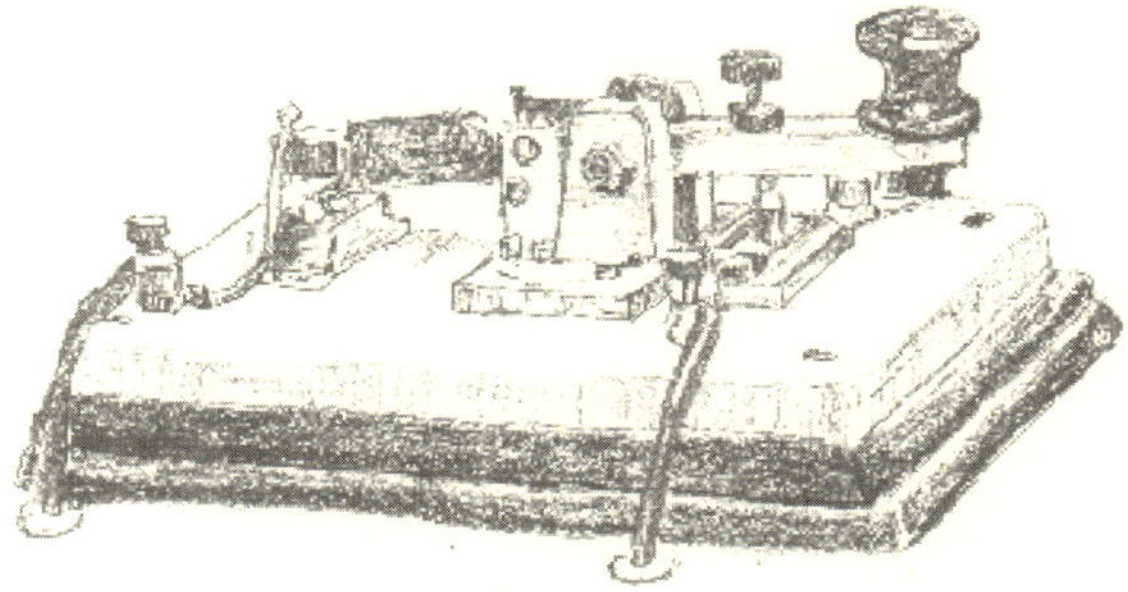

「じゃ、じゃあ」

國善は苦労して品川沖から運んできた無線装置に目を落として言った。

「そう。いまのところこれは、ただの飾り。簡単に言うと、台長のおもちゃ、といったところかな」

小橋はそう言うと、手にした線をくるくると巻いてまとめ、黒い機械の上にぽんと置いた。

「でも僕、これすごくやってみたい。どうするの？」

「そうか、新しもの好き、機械好きは、ここにもいたか」

先ほどから無線機に触れたくてしょうがない栄の姿に、小橋はまた大きな口をあけて笑った。

「栄君、無線はモールス信号っていうとよ。ほらここを打ってみて」

田倉は栄を手招きして、右側の石板の上の金属の取っ手に指を置かせた。そして栄の人差し指を優しく、上からトンと打ち、続いて長く押した。

「この、トンって押すのと、ツーって押すのの組み合わせで、言葉を伝えると。残念ながら、僕にはわからんけどね」

「僕も知らないよ」

「ぼ、僕も、も、もちろん、わ、わからない」

栄の目が小橋から順番に向いていったので、國善も慌てて首を横に振った。

「でもモールス信号の本は図書室にあるけん、もし興味あったら勉強したらよかよ」

「はい。覚えて、僕が麻布天文台で最初の通信士になります」

栄はきはきと答えた。小橋と田倉は一気に頬を緩《ゆる》め、そんな栄を可愛い弟を見るような目になった。國善は栄に新たな好奇心が生まれたことに、同じように微笑ましく思いながらも、その熱量が素直に羨ましかった。


それからしばらくの間、國善は晴海に会うことができなかった。訪れたときにたまたまいない日が続いているのだろうと思ったが、どこかで、自分は避けられているのではないかという心配も拭えなかった。いずれにせよ、晴海と顔を合わせたら、何と声をかけてよいのか、國善にはまったくわからなかった。

前回から一か月と経たずに開かれた談話会に、早池峰天文台の木戸は、一四歳の少年を連れてきていた。髪の毛はぼさぼさで、ずいぶんと着古して寸足《すんた》らずになっている着物を着て、恥ずかしそうにもじもじとしていたが、ときどき顔を上げると眼光はなかなかに鋭く、國善は思わずその目に見入ってしまった。木戸は「柳木《やなき》賢男《たかお》君です」と皆に紹介した後で、國善と栄をそれぞれ見た。

「國善君と栄君は、とくに話が合うんじゃないかな。柳木君は盛岡の中学校に通っているんだが、文学や短歌に造詣が深いうえに、天体や鉱物や昆虫にまで精通している。岩手では知られた天才少年だよ」

柳木はそんな木戸の紹介を、伏し目がちに聞いていたが、謙遜するでもなく、ぺこりと國善と栄に頭を下げた。栄は初めてこの麻布天文台で出会った、比較的年が近いお兄さんに興味津々の様子だったが、しばらくは木戸と二人の平村博士が中心となって、いよいよ来月に迫ったハリー彗星の観測についての、情報と意見の交換がなされた。接近が近いからか、前回より新聞記者が三人も多かった。宮田も今回は本職として参加しているらしく、同僚なのか役所の人間と一緒にやって来ていた。

「栄君。実はアメリカやヨーロッパでは、もうハリーは観測されてるとよ」

しばらくの専門的なやりとりの後で、田倉が栄に語りかけた。その言葉に栄は目を丸くした。

「そうなの？」

「最初に写真に写ってるのが見つかったのは、もう昨年の九月なんだ。ドイツのハイデルベルグというところの天文台でね。その四日後には、アメリカのヤーキス天文台というところで、望遠鏡で直接観測されてる」

「本当？　じゃあ、僕らももう見えるの⁉」

色めきたつ栄を、小橋が「まあまあ」と落ち着かせ、そのとき台員をはじめ談話会の皆が、苦笑したり溜息をついたり肩をすくめたりした。

「ヤーキスにある屈折望遠鏡は四〇インチ、レンズの直径が一メートル以上あるでっかいものなんだ。残念だなー、ここ、つまり日本にあるいちばん大きな望遠鏡はたったの八インチしかない。栄君の無線通信部屋にもなってる、あの望遠鏡だよ」

「とてもあれじゃあな」

小橋の説明に続けて、一尾が舌打《したう》ちをしてから、吐き出すように言った。

「まあまあ一尾君。台長もいろいろ掛け合ってくれているんだ。ここは我慢しようじゃないか」

平山誠一が諭すように言った。すると田倉が、栄に微笑みかけて、一尾の苛立ちの理由を説明した。

「一尾先生は、そのヤーキスに二年間いたとよ。ものすごか望遠鏡で観測してるけん、とりわけ日本の現状にがっかりしなさってる」

「しかも連絡すらこなかったのさ」

一尾は皆がなだめるのも意に介さないように、またそう毒づいた。

「ハイデルベルグの知らせは、世界中に無線で送られた。しかし日本は無視されたんだ。後進国に知らせても意味がないとでも思われたんだろうさ」

國善は、寺山が海軍から無線機を譲り受けてきたのには、そこにも理由があったのだろうかと思った。

「日本は遅れをとっているのですね」

栄の気落ちしたその声に、木戸が講義室中に響く声で答えた。

「残念ながら、そうなるかな。しかしな、栄君。栄君や柳木君が大人になったころは、きっと日本もすごい国になっているよ。なんせ我々はあのロシアを破ったんだ。これからは、文学でも医療でもそして天文でも、どんな分野でも一級品になっていくよ」

「いまんとこ、三級品でハリーを追わなくちゃなりませんがね」

一尾がまた皮肉《ひにく》を言った。すると突然、それまで沈黙していた柳木が口を開いた。

「いずれ、人は鉄道に乗って宇宙《そら》に行けるやもしれません。ハリーの姿を間近で見られる日が来るかもしれませんん」

皆がその突飛《とっぴ》な言葉を発した少年を見つめた。寺山は「ほお」と髭を撫でながら呟いた。木戸が愉快そうに笑って言った。

「柳木君、相変わらず君の想像力はすごいな。國善君、君が古い話の語り部だとしたら、この柳木君はさしずめ、未来の話の語り部なんだ。動物たちが言葉を喋る世界や、鉱物が感情を持つ物語を、彼はまるで本当にそこにあるかのように語ってしまう。子供だけじゃなく、大人も皆、彼の話に夢中なんだよ。彼は天体も好きでよく早池峰にも遊びに来てくれてるんだ」

「お兄さん、鉄道が宇宙《そら》を走るのですか⁉」

栄が立ち上がった。頬は上気していて、柳木の話に一気に惹きつけられたことは一目瞭然《いちもくりょうぜん》だった。柳木は自分より小さな少年に、表情を変えることなく頷いた。そして子供に対する言葉遣いはせずに続けた。

「もちろんいまの科学では不可能です。ですが先ほどそちらの先生がおっしゃった四〇インチの望遠鏡など、ほんの数一〇年前には考えられない発明でした。電気も電信もそう。自動車や鉄道だって然《しか》りです。だとしたらほんの数十年後、同じように見たことも考えたこともないものが存在していても、何ら不思議ではないと、僕は考えています」

一四歳の柳木の話に感銘《かんめい》を受けているのは、栄だけではなかった。これまで柳木をみすぼらしい身なりをした東北の朴訥とした少年だと思っていた大人たちも全員、先ほどより背筋を伸ばして前のめりになっていた。國善も、ただただ驚いていた。そしてこの一〇歳も年下の少年と、もっと語り合いたい欲求が湧《わ》き上がっていた。ただ、何を語り合いたいのかは、ぼんやりとしていて明確にはならなかった。

「絵空事《えそらごと》、だね」

寺山がのんびりと言った。皆は一瞬、何を言ったのかがわからず、やがて同時に、若い柳木の想像力を諌《いさ》めたのかと思った。中学生に対しては厳しい言い方ではないかと誰もが思ったが、そうではなかった。寺山は皆の焦りなどまったく意に介していないように続けた。

「若者はこういうとき、やっぱり正しかったりするね。何でも最初は、絵空事を考えるところから、始まる。彼はそれを、見抜いちゃってる。若いのに、じゃなくて、若いから。見習いたいが、私ももう年を取りすぎちゃったのかな」

寺山はそう言うと立ち上がって、すっと両手を上げて伸びをすると、誰の返事も待たずに「じゃ、私はこれから本郷なんで。皆さんごゆっくり」と、すたすたと講義室を出ていった。

「相変わらずだなあ、台長は」

寺山がドアを閉めた瞬間に、おそらくその寺山にも聞こえるような声で木戸が笑い、つられて皆も笑った。その笑いの中で、栄はつんつんと國善の肘《ひじ》をついた。「ど、どうしたの？」と國善が顔を向けると、栄はどうしてもいま誰かに伝えておきたかったであろう決意を、國善にそっと告げた。

「國さん、僕いつか、宇宙《そら》に行きたい」

國善はそんな栄をじっと見つめてから、真顔で言った。

「き、君なら、きっと、行けるよ」


「白樺や三田文学の連中だけでなく、僕たちは柳木君にも負けてはいられなくなったね」

談話会が終わった後で、国善は宮田に共同作業の続きを求められた。そこで宮田はまず、そう言って笑った。ここのところの國善の不機嫌さは、理由はわからずとも宮田も察してはいたはずだった。すべては自分の劣等感のせいだとわかってはいる。そんな自分を宮田が、僕たちと呼んでくれたことに、そして二人でやろうとしていることが、彼らの文学活動と比肩するような口ぶりだったことに、國善は目を丸くした。

宮田は続いて革の鞄から、大ぶりの封筒を取り出した。

「今日は國善君の話を聞く前に、まずこれに目を通してくれないかな」

國善が「は、はい」と糊付《のりづ》けされていない封を開けると、その中にあったのは原稿用紙だった。ざっと二〇枚ほどある。國善はまさかと思って急いでそれを開いた。升目《ますめ》は達筆な文字でぎっしりと埋まっていた。

目を落とす。國善は一行目から引き込まれた。それは國善が知っている話だった。山に巨人《きょじん》が現れた話。河童《かっぱ》の子供を産んだと噂された女の話。天狗《てんぐ》に手足を引き裂かれた男の話。通夜の晩、死んだはずの老婆が姿を現し、家族に遺言《ゆいごん》を残していく話。これらはすべて、國善が宮田に語った話だ。幼いころから、故郷の老人たちから聞いてきた話の数々だ。しかし、こうして実際に文字で、しかも素晴らしい文章で読んでいくと、突然それはただの言い伝えではなく、「物語」として輝き出していた。

「す、すごい、です」

読み終わると、國善はそれしか言えなかった。自分の話がこれだけの「作品」となった喜び、こうやってまとまっていけば、きっとすごいものができあがるのではないかという高揚感《こうようかん》に、体が震《ふる》え出しそうだった。

ほんの数日前だったら、自分の小説など学生の手習い程度でしかなかったと思い知らされて落胆《らくたん》したり、自分ではこうは書けなかったであろうという、打ちのめされたような気分を味わったかもしれない。

晴海に悪態をついてしまった後で、寺山から仕事と才能についての話を聞き、談話会では驚くべき少年に出会い、そしていつも、栄の相変わらずの無垢《むく》な好奇心を目の当たりにしている。そんな日々の中で、國善の中で何かが変わったのかもしれなかった。

そして、先ほどの宮田の、僕たちも負けていられないという言葉も、決して冗談で言ったわけではないことは、よくわかった。

宮田も國善が興奮状態なのがわかったのか、ずいぶん経ってから再び聞いた。

「本当にそう思ってくれるかい？」

「ほ、本当です。ぼ、僕の故郷《くに》ですけど、も、もっと神秘的な、げ、幻想的な、世界が、この、ぶ、文章の中に広がって、います」

晴海が言っていたことを思い出す。人には役割がある。この話に関しては、晴海の言うとおり、自分は語り部に徹《てつ》して、作家としての部分は宮田に譲るべきだと、國善は次第にそう思えるようになってきていた。

「ま、まだお話ししていない、とびきり、不可思議な話が、ひとつあります」

「ふむ」

國善の声に熱が込もっていたので、宮田も急いで鞄から万年筆とノートを取り出し、居住《いず》まいを正した。

「霊なのか、神なのか、男の子の姿をした、ある者、の話です。たいそうな悪戯小僧《いたずらこぞう》なのですが、その男の子が住まう屋敷は、栄えるという言い伝えがあります」

國善は語り出した。國善はいまだに、こういった話をするときに、自分の口調が変わって相手を驚かせていることに気がついていない。

國善が十以上の話を語り終えると、すっかり熱中していた宮田は時計を見て、「いかんいかん、役人仕事に戻らねば」と慌てて天文台を後にした。國善は宮田の原稿を読んだせいか、話をするのにも熱が入っていたし、終えた今でも、高揚感を感じていた。

宮田さんが言うとおり、僕たちは何か新しいことができるかもしれない。

これほど前向きな気持ちを持てたのは、ただ一度短編が採用されて以来、初めてかもしれない。國善はつい顔に笑みを浮かべてしまい、この気持ちのまま晴海に会いたくなった。その前に、ひどい言い方をしてしまったことを謝らなくてはならない。

言葉を「予習」するのはあえて止めた。國善は、晴海がいることを祈って、赤道儀室へと向かった。

「國さん、こんにちは」

いてほしいときに、きちんと晴海はいてくれた。あれ以来ずっと会っていなかったのに、晴海は優しく微笑みかけてくれる。

「あ、は、晴海さん、あの……」

「國さん」

謝罪の言葉を口にしようとした國善を、晴海はやんわりと遮った。そして言った。

「國さん、私にも何かお話を聞かせてくださる？」

晴海が言った。國善は「え、え？」と慌てた。

「宮田さんや天文台の皆さんは聞いてるのに、私だけ仲間はずれじゃ、ずるいわ。それに私は、國さんはお話が上手だって、最初から言ってたでしょう」

晴海はそう言うと、目は笑いながらも口を尖《とが》らせた。國善は、自分の非礼をこんな形で許してくれる晴海の心遣いに、思わず涙ぐみそうになったが必死に堪えた。そして、余計な言葉は口にせず、ただ深く頭を下げた。

そして國善は必死にいくつもある話の中から、晴海が喜びそうな幻想的な話を選び出した。

「『竹取物語』のごとき、て、天女《てんにょ》の話があります」

「天女？　素敵」

晴海は居住まいを正して國善の顔を興味深げに見た。

「盲目の母と暮らす孝行者の優しい男がおりました。ある日、魚とりに行った帰り、突然の雨に濡《ぬ》れて木の下で雨宿りをしていると、美しい娘がやってきて、私をおまえの家に置いてほしいと頼んできました。男が断っても、娘は勝手に家までついてきて、やがて二人は夫婦になりました」

國善はやはり、淀《よど》みのない口調で語り始めた。晴海は少し驚きつつも、嬉しそうに國善を見つめ、耳を傾けた。

「女は毎日機《はた》を織り、織り上げた衣はたいそう高値で売れ、いつしか家は裕福になっていきました」

「まあ、『竹取物語』ではなく、『鶴の恩返し』のようだわ」

晴海が相槌《あいづち》のように呟いた。

「やがて夫婦には男の子が生まれました。さらに女が観音様《かんのんさま》に願掛《がんか》けをしたおかげで、母の目も見えるようになったのです。しかしそんな幸せな日々のさなかに、女は突然言いました。私はこの家を長者にさせるために、天から遣《つか》わされた者です。私の下界での年季が切れたので、暇乞《いとまご》いをいたします、と」

晴海は黙って國善の話に聞き入っていた。國善はこのときも、自分が物語を語るときには言葉も滑らかで、つっかえることがほとんどないことを、まだ自覚していない。

「夫も母親も必死に引き止めましたが、女は十二単《じゅうにひとえ》を着て、美しく化粧をし、座敷《ざしき》の縁側に出ると、天から紫の雲がたなびいてきて、それに乗って天に昇っていったそうです」

國善は話し終えた。晴海はしばらくの間、この話を堪能《たんのう》するかのように目を閉じていた。

「その姿は、さぞ美しかったことでしょうね」

やがて晴海は呟くように言った。天に帰る女の姿を想像していたようだった。

「いつごろのお話なのかしら。平安時代かしら。なんだかそんな顔立ちとお着物が似合いそう」

「は、晴海さんも、へ、平安美人です」

國善はふと、これまで思っていたことをそのまま口にした。口にしてしまった後で、体中にかっと血が巡《めぐ》った。自分はいったい、突然何を言ってしまったのだろう。國善は慌てた。そして慌てれば慌てるほど、弁解の言葉は頭から口へはなかなかたどりつかず、あわあわと呻《うめ》き声のようなものを漏《も》らすことしかできなかった。

「國さん、あんまり褒められた気がしないわ」

「そ、そんなことは、あの」

晴海の言葉に、國善は真っ赤になって頭を下げた。しかし晴海のその口調はどこかおかしそうで、恐る恐る顔をあげると、はたして晴海はにっこりと笑っていた。

そこへ、どたどたと階段を駆け上がってくる草履の音がして、勢いよく栄が飛び込んできた。いままで木戸と柳木少年と話し込んでいたと、嬉しそうに國善に報告した。

栄はこれまでの星の観測に加え、通信機にも夢中になって、図書室の本で勉強したモールス信号もあっという間に覚えてしまっていた。

「國さん、晴姉さん、何でも打ってあげるよ」

栄はそう言うと、何度も國善に「例題」をせがんだ。最初のうちは、「私は佐澤國善です」くらいでも、栄は喜んで送信機の電鍵《でんけん》を、トンとツーに分けて打ち込み、「どう?」と得意げに國善を見た。どうと聞かれたところで國善には正解がわからないので、ただ「す、すごいね」としか答えられなかったが、栄が求める「例題」はもっと高度になっていった。

「親譲りの無鉄砲《むてっぽう》で小供の時から損ばかりして居る」

國善は昨今、覚えがある有名な小説の一節を諳《そら》んじるようになった。しかしこれほどの長文でも、栄は事もなげに打ち込んでしまい、また次の一節をせがむ。

「小学校に居る時分学校の二階から飛び降りて」

トン、ツー、トン、ツー。

「一週間ほど腰を抜かした事がある」

トン、ツー、トン、ツー。

そのうち、『坊ちゃん』を一冊全部読み上げることになるんじゃないかと國善は思った。

「そんなに上手なのに、受け取る人がいないのが残念だわ」

晴海が栄の様子を見て微笑んだ。そして電鍵を見つめた。

「でもなぜかしら。私、この無線機を見ているとなんだか、懐《なつ》かしい気持ちになるの。不思議だけど」

その言葉に、國善は思わず晴海の顔をじっと見つめてしまった。

「なあに？　國さん、怖い顔して」

「あ、その、ご、ごめんなさい、えっと」

いつも以上に慌てていて、なかなか言葉が出てこなかった。それは、ずっと頭の片隅でもやもやとしていた「何か」を、晴海がそのまま言葉にしていたからだった。そして晴海も同じことを思っていたのかと思うと、さらに胸がいっぱいになってしまった。

「ぼ、僕も、同じように、その……」

急いで弁解したいのだが、やはり言葉がまとまらない。晴海は柔らかい笑みを浮かべた。慌てなくても大丈夫よ、という表情だった。國善はごくりと唾を飲み込んで、なんとか自分を落ち着かせてから、一語一語、確かめるように口を開いた。

「あの、晴海さんが懐かしいって、じ、実は、僕も、なぜだかわからないけど、同じことを、お、思っていたのです。こんな、見たこともない機械だから、最初はただ、おかしな気持ちに、なっていたのかなって。で、でも、いまそう言われて、ぼ、僕も実は、なぜだか、これが懐かしい」

「嬉しいわ、國さん」

晴海がにっこりと笑った。國善はきちんと自分の言葉が伝わったことにほっとして、そっと息をゆっくり吐いた。

「私もなぜなのかはわからない。でも、國さんも同じように思うってことは、見えないものだからかしら」

晴海は小首《こくび》を傾《かし》げながら言った。

「み、見えないもの？」

「だって、もしアンテナが付いていたとしたら、さっきの栄君の通信は、電報みたいに誰かに届くかもしれないいんでしょう。でも、それは目には見えずに、空中を飛んでいくのよね？」

「ど、どんな仕組みか、わからないけど、そう、なのかな」

「私は、そういう目に見えないものになぜか惹かれるの。國さんのお話が好きなのは、きっとそのせいだとも思うわ。私ね、國さんが教えてくれる河童や座敷《ざしき》わらしのお話、怖いけどすごく好きだもの」

國善は、すぐには晴海が言わんとしていることがわからなかった。自分の話が好きだと言ってくれたことに舞い上がってしまったのもあるが、古い言い伝えと最新の科学技術を同じように捉《とら》える考え方に、面食《めんく》らってしまったからだった。しかし晴海は神妙な面持ちで続けた。

「いま自分でもわかった気がするわ。もしかしたら、昔なのか未来なのか、それとも全然違う世界でなのか、國さんと私はこの無線機を見ていたかもしれない。私たちには、そのときの記憶が残っているのかもしれないんじゃないかしら」

「ぼ、僕の話なんかより、よ、よっぽど、奇天烈《きてれつ》だけど、お、面白いです」

國善は目を丸くしてそう呟いた。そしてふと、談話会で柳木少年と語り合ってみたいと思ったのは、この「目に見えないもの」についてだったことに、國善は気づいた。

「僕だって、そのとき、一緒にこれを見たよ」

二人のやりとりを黙って聞いていた栄が、我慢しきれなくなったように口を尖らせて言った。

すると晴海は、ぽんぽんと栄の頭を撫でて微笑んだ。

「それはきっとそうよ。だって私も國さんも、無線機は扱えないわ。栄君が通信してくれなくちゃ、何て言ってるのかわからないし、伝えたいことも伝えられないわ」

「うん」

栄はご満悦《まんえつ》な顔になって、こっくりと頷いた。そして急に顔色を変えると、「お、おしっこ」と勢いよく立ち上がって、そのまま外へと飛び出していった。

いましかない。國善は思った。そして袂《たもと》から封筒に入れた切符を二枚取り出した。

「お、お話しした、ほ、本郷座の芝居なのですが、ゆ、友人より切符を、に、二枚譲り受けました。そ、そ、その、晴海さん、よろしければ、ご、ご一緒しま、せんか」

前回のような失敗はもうしない。そう思って何度も一気に言い切る練習をしてきた台詞《せりふ》だった。そのかわり、これ以上の言葉は用意していない。國善はただどきどきしながら、晴海の返事を待った。すると晴海は國善が拍子抜《ひょうしぬ》けするくらい、笑みを浮かべてあっさりと頷いた。

「嬉しい。すごく楽しみ」

「あ、そ、そうですか」

國善はひどく間の抜けた返事をしてしまった。そしてじわじわと喜びが体の奥から湧き上がってきて、次は震えに堪えるのが大変だった。

芝居はとっくに始まっていたが、いつまで経っても晴海は現れなかった。

國善は本郷座の立派で洒落た洋館の壁にもたれて、その中へ入ってゆく人々と、前の通りを行き交《か》う人々をぼんやりと見ていた。開演から一時間ほど経ってから、國善は握《にぎ》りしめていた二枚の切符を見つめた。友人から貰ったものなどではなかった。食費と本を買うのを我慢して、なんとか手に入れたものだった。

ものめずらしそうに本郷座の建物を見上げている老夫婦に、國善は近づいていった。そして「も、もう終わりかけですが、よ、よかったら中もご覧に、なり、なりませんか」と声をかけ、すっかり汗でくしゃくしゃになってしまっていた切符を、半ば強引におじいさんの手に押し付けるようにして、その場を急ぎ足で立ち去った。

風邪をひいたり急に具合が悪くなったりしたのだろうか。國善は、そんな風に晴海の心配をしなければいけないと頭ではわかっているのに、どうしても落胆のほうが大きすぎた。女性と二人きりでどこかへ行くこと自体が初めてだったので、相手のことを慮《おもんぱか》る余裕などなかった。

御茶ノ水から皇居沿いを抜けて、とぼとぼと一時間半以上かけて下宿へと歩いて帰った。おかみさんが「國さん、おかえり」と声をかけても、國善はすっかり気が抜けた顔のまま部屋に入り、布団につっ伏すとその日はそのまま動かなかった。

しかし翌日、國善はただ困惑するしかなかった。

本当なら天文台へは行きたくなかった。もし晴海が、わざと本郷座へ来ることをやめていたのだとしたら、何の落ち度があったのかは覚えがないが、自分と会うことを拒《こば》む意味だったとしたら。國善はそれを当人の言葉や態度から知らされてしまったら、とても立ち直れないと思っていた。

しかし、普通ならば急な用事や病《やまい》があってどうしても来られなかったと考えるのが普通だ。それならば、きっと晴海は謝罪の言葉を用意して自分が来ることを待っているだろう。

國善は心がざわついたまま、学校帰りの栄にすぐに手を引かれて、天文台へと向かった。赤道儀室に入ると、そこには晴海がいた。そして、にっこりと國善と栄に「こんにちは」と微笑みかけた。それはいつも二人を迎え入れるときと、変わらぬ態度だった。國善は、何が起きているのかよくわからなくなっていた。もしかして、日にちを間違えて伝えたのだろうか。いや、そもそも自分はちゃんと晴海を誘って承諾《しょうだく》を得ていたのだろうか。

栄は最近は、望遠鏡よりもまず最初にモールス信号の「練習」に取り掛かる。栄は國善に『坊ちゃん』の続きをせがんだ。國善は自分が何を考え、どんなことを思っていいのかすらわからなくなってしまって、ただ無心に、栄の要望どおりに、無線機の隣に置いておいた『坊ちゃん』を読み上げ始めた。

「ねえ、國さん、栄君」

國善が三行ほど読み進め、そのたびに栄が、ますます速く上手になった打ち方であっという間にモールス信号を打ち込んだところで、晴海は小首を傾げて言った。

「何か、素敵な言葉を打ってほしいわ。國さん、ご存じない?」

「す、素敵な、こと、言葉、ですか」

國善は面食らった。こんな風に普通に話しかけているということは、やはり芝居に誘ったことはうまく伝わっていなかったのだろうかと、自分自身を疑い始めた。さらに、女性が言う、素敵な言葉とはいったいどんな分野の言葉なのだろうか、まったく想像もつかない。國善は混乱しながらも、知っている小説作品から、晴海が喜びそうなものを必死に考えた。

ふと、天啓《てんけい》のように、頭にある一文が浮かんだ。それは小説の一節ではなかった。國善は晴海には言わずに、こっそりと栄に耳打ちした。

「なあに、内緒話なんかして―

晴海が口を尖らせた。國善は真っ赤になっていたが、栄は嬉しそうに國善にこっくりと頷いた。そして三六式無線機の前に、改めて居住まいを正して座り直し、演奏を始めるピアニストのような面持《おもも》ちと雰囲気で、送信機に手をかけた。

―・・　――・―・　・―・・　・・

―・―・・　―――　・―

・―・――　・・　―――・―　――・―

栄はそれを、ゆっくり間を取って、三回繰り返した。そして得意げな顔になって國善を見た。國善は、自分が告げた文言がこんな信号になるのかと妙な感心をして、晴海に目をやった。晴海は、やけに神妙な顔をしていた。そして消え入りそうな声で國善に聞いた。

「國さん、いまの……」

「あの、な、夏目漱石、です。しょ、小説ではないのです。あ、アイ・ラブ・ユー、という英語を、が、学生が、わ、我君を愛す、と訳したとき、そんな、ちょ、直接的な訳文ではなく、つ、月が綺麗ですね、とでも、しなさいと、教えた、そうです」

國善は赤い顔をしたまま、そう説明した。晴海の前で、アイ・ラブ・ユーだの愛すだの、そんな言葉を発して冷静ではいられなくなっていた。しかし、晴海の様子は変だった。國善は、それこそ「まあ、素敵だわ」とでも晴海が喜んでくれるのかと思っていたが、急に思いつめたような顔になっていた。

「私、なぜだろう、この信号を知ってる」

「え？」

「國さん、いまの本当？　本当に、月が綺麗ですね、だった？」

國善は目を丸くした。晴海の言うとおり、いま栄に打たせたモールス信号は、「月が綺麗ですね」ではない。國善は、最初の言葉を間違えて栄に告げてしまっていたのだ。

「な、なぜ、そ、それを……」

「わからないわ。ねえ國さん、本当は何？」

慌てている國善に、晴海は少し強い口調になって、じっと國善の目を覗き込んだ。國善は少し怯《ひる》むように体を強張らせてから、いまの信号の本当の言葉を口にした。

「ほ、星が綺麗ですね、でした」

國善は言った。晴海はしばらくの間、何も言わずにただ、國善を見つめていた。國善はただ黙って、晴海の次の言葉を待つしかなかった。栄はそんな二人の顔を不安そうに交互に覗き込んでいた。

晴海はやがて、何も言わずに立ち上がった。そしてなんとか顔に笑みを作ると、國善と栄に「ごめんね」という表情を向けると、ふらふらと赤道儀室を出ていった。國善も栄も、ただ無言でその姿を見送ることしかできなかった。

四月一四日、麻布天文台に小橋の声が響いた。

その声に、洋館の二階から平村誠一と一尾が同時に降りてきて、隣の日本家屋からは寺山も出てきた。写真儀室や子午儀室などにいたのか、平村聖士、高代も歩いてきていた。

赤道儀室の二階の入口に、興奮した様子の小橋が立っていた。その階段の下には、まず最初に駆けつけたのか、田倉も興奮した面持ちでいた。

小橋は皆を見渡し、最後に寺山を見据えて、叫ぶように言った。

「見えました、ハリーです！」

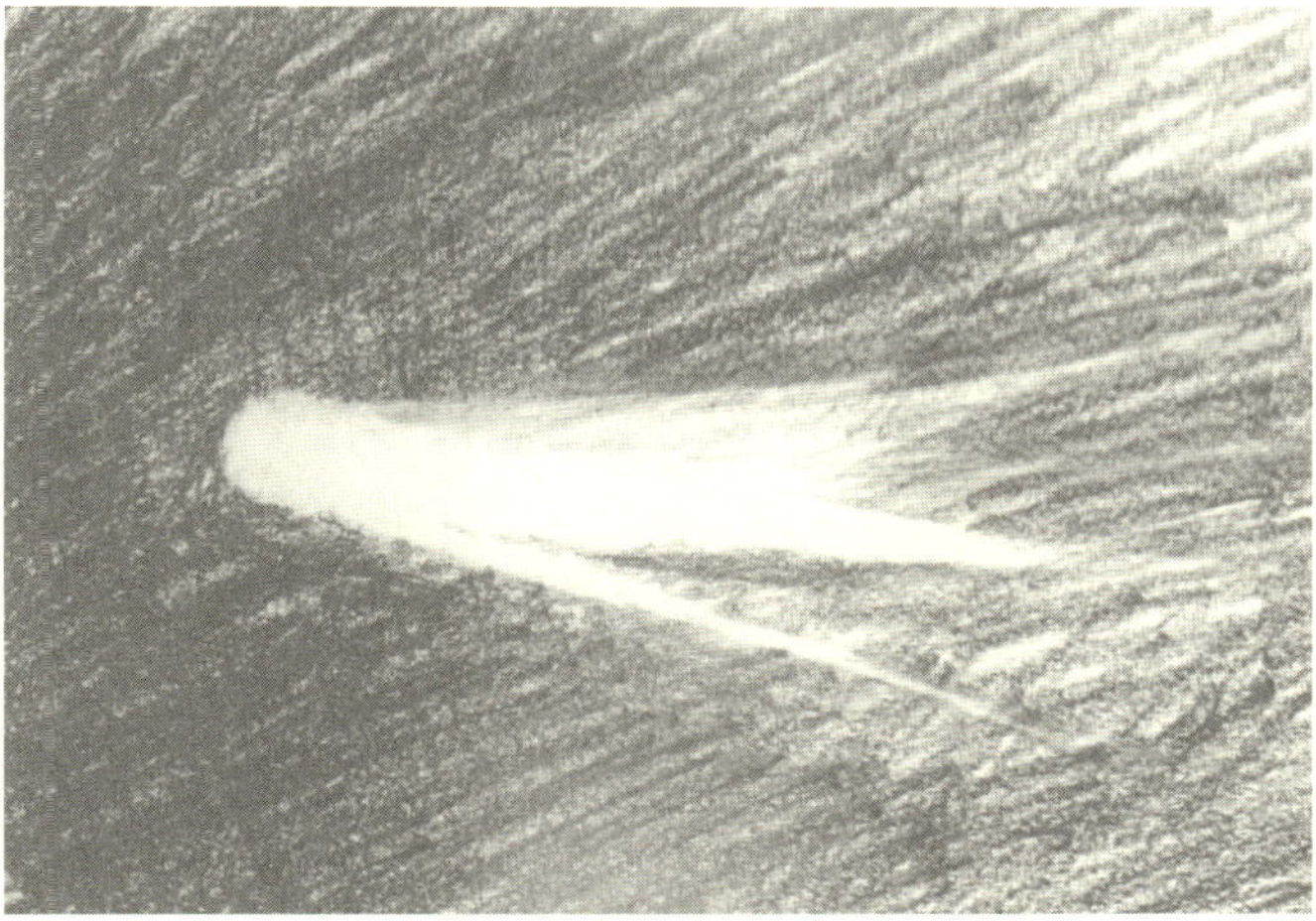

目が覚めるといつも昼の一二時近くになっている。といっても毎日寝坊しているわけではない。太陽が上がってからもしばらくの間、望遠鏡にかじりついているから、仕方がないのだ。暗い望遠鏡ドームの中には、ドア以外の三方向に、開かない小さなガラス窓が設置されている。そのうちのひとつから差し込む光が、季節によって違いはあるが、だいたい昼前から、ベッドで寝ている僕の体を照らし始める。とても優しい目覚まし時計と僕はひそかに呼んでいる。そのかわり、雨の日はときどき、本当に寝坊してしまうけど。

寝起きはあまりいいほうではない。でもなんとか目を覚ますと、すぐにヤカンをコンロにかけて、お湯を沸騰させている間に、ベッドに腰かけて何度か欠伸《あくび》を嚙《か》み殺して、少しずつ体を起こしていく。

お湯が沸くと、コーヒーを淹《い》れてまず小さなカップで一杯。これでようやく僕はベッドから立ち上がる。冷たい水で顔を洗い、歯を磨く。ほとんど毎日、ベーコンエッグを焼いて、ロールパンと二杯目のコーヒーで朝食をとる。もう昼だけど。そして天文台の敷地をランニングしてから、仕事に取り掛かる。

ハレー彗星《すいせい》はまもなく、僕の望遠鏡の中に、その姿を現すはずだった。

橙《だいだい》色の夕陽が、ブナの木をシルエットに変えていく。太陽の中心が夏至点《げしてん》を過ぎて何日も経つから、夜の訪れは少しずつ早まっているはずだ。

「待ち遠しいわね」

今日も彼女はやってくると、待ち切れないといった感じで望遠鏡を覗《のぞ》き込んだ。そしていつもと変わらない星空をしばらく見つめた後で、にっこりとびきりの笑顔を僕に向けてくれる。

僕はいつまでもその無邪気《むじゃき》な笑顔を見つめていたいが、最近ずっと語り合っているハレーについての会話もしたくて、彼女がやってくるのを心待ちにしていた。最初のころは観測結果を渡して、そのノートの数字について説明するくらいしか話はなかった。しかし、ハレーのおかげで僕と彼女は、徐々に長く話をするようになっていた。

彼女は話題も知識も豊富だし、言葉遣《づか》いもしっかりしていて、そして何よりも、いろんな話題に対してきちんと自分の意見を持っていた。僕は授業を受ける生徒のような気分になっていることもよくあった。

「このあいだ、ハレーが凶星《きょうせい》だと思われてたことがあるって話をしたでしょう。ある時代では、そのせいで自転車のチューブがなくなっちゃったことがあるの」

「自転車のチューブですか？」

僕は聞き返した。自転車をイメージしてみたが、そのチューブがどの部位にあるのかがよくわからなかった。

「タイヤの中の、空気が入ってるところ」

僕の疑問を察したかのように、彼女はそう言うと、僕が淹れたコーヒーのカップを両手で大事そうに持って、一口飲んだ。彼女の白い喉元《のどもと》が、微《かす》かに揺れた。

「そのときのハレーは、近くを通り過ぎたときに、尾っぽのガスが地球を覆《おお》うって言われていたの。フランスの天文台の博士が、ハレーの尾にはシアンガスが含まれてるけど、それが地球の大気圏に接触しても問題はないって、発表したんだけど、噂ってそんなものなのね。その前半だけが世界中に伝わってしまった」

「ハレーが通り過ぎると地球は滅亡するって？」

「それも不思議なのが、そうは思われなくて、そのハレーの尾が通り過ぎる何分かだけ呼吸を我慢《がまん》すれば、生き延びられるって思われたみたい」

「そんな馬鹿な」

「そんな馬鹿なって、だいたいの人は思ったけど、でもいざハレーが近づいてくると、本気で不安になる人もいて、その間の呼吸用に自転車のチューブを買い占めたり、洗面器に顔をつけて呼吸を止める練習をしたりする人もいたのよ」

「そんな馬鹿なって思うけど、確かにいざそんな状況にいたら、僕もやっちゃったのかもなあ」

「せーの」

彼女が突然言った。僕がきょとんとして見ると、彼女は大きく息を吸い込むところだった。僕も慌《あわ》てて、彼女の真似をして大きく息を吸い込んだ。そして彼女がきゅっと口を閉じた瞬間に、僕も口を閉じた。

一〇秒、二〇秒、三〇秒と、僕と彼女は頬《ほお》を膨らませて息を止めた。しかし三五秒ごろで彼女はまず目から笑い出し、そして堪《た》え切れないように吹き出した。僕のふくれっ面が相当おかしかったらしい。

「ひどい」

僕は息を吐《は》き出してから、大げさに肩を落としてみせた。彼女はいたずらっ子のようにふふふ、と笑った。

「その時代だったら、僕はハレーの餌食になっていたかもしれない」

僕は冗談めかして言った。

「でも昔から、凶星に生贄《いけにえ》を捧げるって話は本当にあったみたい。その尾っぽの噂が流れたときでも、自分の体に釘を打って、十字架に磔《はりつけ》になった人もいたのよ」

「痛、そう」

僕はその姿を想像して、思わず震《ふる》えてしまった。

「これだけ受け取り方が違うのも、不思議だし興味深いわ。磔になった人やゴムチューブを買った人と同じ時代でも、毎日いまの私みたいに、望遠鏡を覗くのが楽しみな人たちもたくさんいたのにね」

「そういう人のほうが多かったんですよね」

「もちろん。フランツ・カフカは日記に書いてるわ。『最近私はあまり執筆をしていない、これから毎日少なくとも一行は書く訓練をつまなければなるまい、人々が毎日彗星に向けて望遠鏡を操る練習をしているように』って」

正直なことを言えば、彼女が言うその人物が誰なのか、僕は知らなかった。でも知らないと言うのがなんだか恥ずかしくて、ふうんと口をすぼめて頷《うなず》いてみせた。

「ハレーだけじゃなくて、地球に定期的に接近する彗星たちの役目って、私は変化だと思う」

「変化」

僕は繰り返した。

「あるときは地球に水を与えたり、あるときはアミノ酸を海に流し込んだり、あるときはイオンを分解させる塩基《えんき》を放出したり。あるときには嵐を起こしてアミノ酸の変化を加速させたり、あるときにはタンパク質を化合して細胞膜を作ったり」

だんだん彼女の言葉が難しくなってきた。しかし僕は必死に頭の中で追いついていった。

「人がハレーを恐れたのは、豊かさが降り注ぐときでも、必ず何かの変化があったから。それが戦争のきっかけになったこともあるかもしれない。天候や地殻に作用して、災害をもたらしたかもしれない。市民に混乱を招くこともあったかもしれない。思い込みで突飛《とっぴ》な行動をしたり、あるいは本当に幻覚を見てしまった人もいるかもしれない。恵みと災厄《さいやく》はそんな風に、表裏一体なのかもしれないわね」

それは、経過はいつも違ったが、彼女の話が辿《たど》る大きな結論のひとつだった。

僕はふと、この数日思っていたことを口にした。

「七六年って、なんだか人の寿命に似てるような気がしませんか」

「そうかしら」

「もちろん、時代や国や性別でも違ってくるけど、なんとなく、そんな気がしてたんです」

「私はハレー彗星とともに地球にやってきた。だからハレー彗星とともに去っていく」

彼女は声色を変えて言った。偉《えら》い男のものまねをしているような口ぶりだった。

「それは何？」

「マーク・トウェインの言葉よ。彼は本当にハレーが来た年に生まれて、次のハレーが地球から見えた日に、亡くなったの」

「すごい話だな」

僕は言った。しかしその人物の人生の偶然に本当に驚きながらも、僕はやはり、先ほどのカフカという人同様、彼女があたりまえのように言ったその名前を知らず、恥《は》ずかしくて少し頬が赤くなっているような気がした。できるだけ長い時間一緒にいたかったが、今日ばかりはそろそろ一人になりたかった。

「じゃあまた明日ね」と小さく手を振る彼女を見送った後で、僕はあれ以上無知をさらさずにすんだことにほっとしながらも、やはりさっきまで彼女が座っていたベッドの端に、その残像を探してしまう。

僕はこんなことをするのは変なのかなと思いつつも、パイプ椅子《いす》から立ち上がって、彼女がいたところに座ってみた。もう彼女の温もりは残っていなかったが、このシーツの上に彼女がいたんだと思うと、なんとも言えない、あたたかい気持ちが体の中を巡《めぐ》ったようになった。

音がした。

僕は慌てて飛び上がった。

誰か、いやもう僕は彼女以外の人にずいぶん会っていない、ということは彼女が戻ってきたのだろうか。もしくは、ドアが開いていて、彼女は僕のこの行動の一部始終を見てしまったのだろうか。

あたたかい気持ちは一気に、恥ずかしさと動揺に変わった。

しかし、おそるおそる確認をしたが、ドアはしっかり閉じているし、はめ込みの窓ガラスの向こうにも人影や、あるいは音がするようなものは確認できなかった。

トン。また音がした。何か金属のようなものを軽く叩《たた》いたような音だった。

風で外の何か金具が揺れたのだろうか。鳥がドームの屋根で羽根を休めているのだろうか。結局、それ以降は何の音も聞こえてこなくて、僕は音の正体を確認することができなかった。机に向かって、これからの観測のためにノートを開いた。

ふとその前に目をやった。そこにはいつものように、机の壁側のスペースを埋める、三つに分かれた見知らぬ重々しい機械がどんと居座っている。機械をじっと見つめていると、そこから何か音がしてくるような気がしてきた。

さっきの音はここからだったのだろうか。

僕はしばらく、ノートの作業を続けながらも、まるで「だるまさんがころんだ」のように、突然機械に目をやったりしてみた。しかし機械は動き出すところを見つかるようなヘマはせず、ただしんとした室内の空気と一体になったかのように沈黙を続けていた。

もう数日で、ハレーがやってくる。

一九一〇年　麻布

その日は夕方に麻布《あざぶ》天文台に入るなり、栄《さかえ》は一尾《いちお》に誘《さそ》われた。

「栄君、そろそろ、ここでもハリーの写真が撮れそうなのさ。見るかい？」

無視しているわけではないが、一尾はこういうときに國善《くによし》の確認は取らない。栄はこくこくと頷《うなず》くと、一尾について天体写真儀室へと小走りで向かっていった。もう慣れたが、こういうとき、國善は黙《だま》ってついていく。

天体写真儀室も赤道儀室《せきどうぎしつ》同様ドーム型で、壁はレンガ、天井は木造の建物だが、こちらは一階部分に入り口があり、内部の螺旋《らせん》階段を上っていく造りだった。そして望遠鏡も赤道儀室のものと同様、口径八インチの大きな望遠鏡が設置されていた。

中には田倉《たくら》が先に来ていて、三人が入ってくると、読んでいた新聞を折りたたんだ。

「まさか本当にゴムチューブば買い占める連中がおるとはねえ」

一尾は手際よく写真乾板を取り出しながら、ふんと鼻を鳴らした。

「ちょっと考えればわかりそうなものだが、まったく」

一尾のその馬鹿にしたような口調に、栄が國善に説明するように言った。

「ほら國さん、家でもその話になったでしょ。ハリーが近づくと、地球がガスに包まれるから、その間は息を止めてなくちゃいけないって」

「あ、ああ、あの話」

その噂《うわさ》は新聞記事にもなるほどで、おかみさんはずいぶん心配していたようだったが、麻布天文台の先生たちが皆一笑に付すような根拠のない話だから大丈夫だよと、栄が冷静に説《と》き、母親を安心させている始末だった。

「最初の観測記録が残ってる紀元前二四〇年から二八回ハリーは回帰してるんだ。もっとさかのぼれば何万回と地球に近づいてる。地球に害が及《およ》ぶなら、とっくになってるさ」

一尾はまた、口元を曲げた。

「栄君、ずっと曇《くも》りで見えんときばっかりやったけど、いまハリーが見える位置ったい。写真ば撮る前に見とかんね」

話を変えた田倉がその言葉を言い終わらないうちに、栄は椅子《いす》に飛び込むように座って、すぐに望遠鏡を覗《のぞ》き込んだ。

「すごい、すごいよ、國さん」

栄が望遠鏡を覗き込みながら、足をばたばたさせて興奮していた。その後ろから、一尾が距離や軌道《きどう》を専門用語を交えて教え、それが何を表しているのか國善にはさっぱりわからなかったが、栄は目を離さずに「へえ」と感嘆《かんたん》の吐息《といき》を漏《も》らし続けていた。

「おやおや、我が天文台期待の星が、我が天文台史上最大の彗星《すいせい》の観測をしちゃってるねえ」

小橋《こばし》が入って来て、その姿を見るなり陽気な声を発した。栄はその声に振《ふ》り返り、「小橋さん、こんにちは」と頭を下げたときに、ようやく國善の存在を思い出したように立ち上がった。

「ほら、國さんも見てごらんよ」

國善は「あ、ありがと」と勧《すす》められるままに椅子に座り、望遠鏡を覗き込んだ。まだやや明るい空に、何か白いものが見えた。國善には最初それは、望遠鏡自体に付着したゴミか埃《ほこり》かと思ってしまった。

「小さ……」

國善は思わず正直にそう呟《つぶや》いてしまった。後ろで田倉が大声で笑った。

「國さんは、栄君と違うて天文には向かんようやね」

國善は振り返って肩をすくめた。最近になってようやく、同世代の小橋や年下の田倉には、少しずつ、くだけたことを言えるようになってきた。

「ほ、ほうき星と言うより、まださしずめ、その、ほうきが掃《は》いた塵《ちり》といったところとしか、ぼ、僕には見えなくて……」

國善がそう続けると、小橋と田倉は目を見合わせた。一尾が機嫌を悪くするだろうかと國善は慌《あわ》てたが、どこか感心したような表情を浮かべていた。やがて小橋は口笛を吹いた。

「さーすが國善君、作家ならではの文学的な表現じゃん。って言いたいところだけど、それ、本当にそのまんまだったりするよ」

「そ、そのまんま？」

「だって彗星の本体、核っていうんだけど、まずこれが氷や岩や塵でできてるしね。尾っぽのところもダストテイルって言われるくらい、塵でできちゃってる。つまり、國善君の文才が、まさかの天文学の正解。いよっ、名作家」

「そ、そんな……」

「まあ、五月にもなれば、いわゆるほうき星っぽい形にちゃーんと見えると思うよ。そのころはあれだね、肉眼でもばっちり見えるんじゃないかな」

「でも肉眼やったら、ここよか、國さんの故郷のほうが綺麗《きれい》に見えますよ」

田倉が肩をすくめた
「は、早池峰《はやちね》ですか」

「このへんは最近、家も増えたし夜も明るかことが多かけんね」

麻布天文台は、より広大で観測しやすい土地を求めて、三鷹《みたか》に移転する計画があることは、すでに聞いていた。國善は「なるほど」という意味で頷いた。

「ただ、早池峰には八インチの望遠鏡はなかけんね。木戸《きど》台長、ハリーが来るまでに設置せいって、ずいぶんあちこちに掛け合いよったけど、間に合わんかった。いまごろ、怒鳴り散らしとうやろうね」

國善は、巨体《きょたい》の木戸がのしのしと憤慨しながら歩いてる様を想像して、少しおかしくなって肩をすくめた。

「さて、そろそろ取り掛からせてもらおうか」

一尾が写真乾板を手にして、栄と小橋と田倉に目を向けた。國善にはいつものように一瞥《いちべつ》もしなかった。小橋と田倉はさっと準備に取り掛かり、栄は「一尾先生、見ていてもよいですか」と聞き、一尾は「当然さ」と無表情のまま頷いた。

ここから先はますます自分にはわからない話になっていくなと國善は思った。そして、今日こそ晴海《はるみ》に会えないだろうかと考えた。

これまで天文台に来れば、三日に二日は晴海に会えていたが、もう丸三日会えていない。栄が無線機に加えてハリーの観測もあって、ますます楽しそうにしているのとは対照的に、國善は晴海の顔を見られずにがっかりしていた。ハリーの確認とともに、天文台は賑《にぎ》わい始めてきたが、やはり晴海も忙しくなってきたのかなと、きょろきょろとその姿を探すようになっていた。

栄たちには何も言わずに、國善はそっと天体写真儀室を後にして、赤道儀室へと向かった。人の気配がして、はやる気持ちを抑えて階段を上ってドアを開けると、そこには願いどおり、晴海がいた。

「國さん」

椅子に腰かけてノートに目を落としていた晴海が、ぱっとその顔に笑みを広げて國善を見た。國善はたった三日ぶりだが再び出会えたその姿に嬉《うれ》しさと照れくささを覚え、同時に、不思議な気持ちにも陥った。

前回、本郷座《ほんごうざ》の芝居に来なかったことを、晴海はまったく意に介していないような顔つきだった。その理由がはっきりしないまま、今度は無線機に「星が綺麗ですね」と栄が打ち込んだ後で、なぜか動揺した様子で赤道儀室から出ていってしまった。そしていつも以上に会えない日々が続いたが、いま目の前にいる晴海は、そんなことはまったく気にしているようには見えない。

「い、いよいよ、ち、近づいてきましたね」

「そうね。これからどんな風に見えてくるのかしら。楽しみ」

晴海はドーム型の天井にちらっと目をやってから頷いた。やはり、これまでと変わらぬ晴海だった。國善は思い切って聞いてみた。

「あ、あの、本郷座でかかっている、し、芝居なんですが」

「ええ、『不如帰《ほととぎす》』でしょう。あら、もしかして國さんご覧になったの?」

國善は呆気《あっけ》に取られた。いったい晴海は、どんな気持ちでそんな言葉を発しているのか、まったく見当もつかなかった。

「い、いえ、まだなのですが……」

「私、お芝居って見たことがないの。一度ぜひ見てみたいわ」

「で、でも、それは、その……」

それ以上言葉が出なくなった。晴海の目に、國善をからかったり、わざととぼけたりしている様子はまったくなかったからだった。

國善はすでにその話をしていること、一緒に行こうと誘ったが晴海が現れなかったこと、その後、晴海がそのことを謝罪することもなかったこと、そして自分がずっと傷ついていたことなど、何ひとつ告げることができなくなってしまった。当然、無線機に打ち込んだ言葉の何に心を乱されたのかまで、とても話を進めることはできなかった。

「頭部は丸くて牡牛《おうし》の目玉ほども大きく、そこから孔雀《くじゃく》の羽根にも似た扇型の尾が出ている。それは天空の三分の一にもわたって引きずられていて、巨大である」

突然、晴海がノートに目を落として、神妙《しんみょう》な顔つきでそんな文言を読み上げた。きょとんとしている國善に、晴海は微笑《ほほえ》んで説明した。

「何かの本にあった一節。レオナルド・ダ・ヴィンチの家庭教師でもあったパオロ・トスカネリって科学者が、一四五六年のハリーを観測したときの記述よ。今回も本当にそんな風に見えたら、きっとびっくりしちゃうわね」

晴海は芝居の話からまた、ハリーの話に戻っていて、國善は「はあ」と頷くしかなかった。

「でもやっぱり怖くなってしまうかしら。昔はハリーは不吉《ふきつ》な彗星だと思われることが、すごく多かったのよ」

その話は談話会で聞いていた。皆はそれを「凶星《きょうせい》」と表現していた。國善は知っているよという意味で頷いた。

「こんな記述も見つけたわ。ハリーではないけど、一六六四年に大きな彗星が現れたんだけど、その後、ロンドンで五人に一人が亡くなるペストが大流行《だいりゅうこう》したの。『ロビンソン・クルーソー』の作家のダニエル・デフォーは、『彗星はペストのようにゆっくりであるが激しく、ひどく恐ろしい重い天罰の前兆』だって断言してるの」

國善は晴海のノートを覗き込みたくなったが、そんなことができる勇気はなく、ただなぜ晴海は急に、そんな過去の偉人《いじん》たちの彗星についての言葉を記録しているのかが気になった。これまで、学者や作家のことを語ることはなかったし、國善が語る作家や小説の話を、子供のように興味深く聞いていたので、ここでも國善は違和感のようなものを覚えた。

「國さん、私そろそろ行かなくちゃ」

また唐突に晴海はそう言うと、立ち上がった。

「お、お仕事ですか」

「お仕事？」

晴海は國善の問いかけに、怪訝《けげん》そうに小首《こくび》を傾《かし》げた。まるで、その言葉の意味がわからないかのような口ぶりだった。そして、優しい笑みを浮かべたまま、國善に会釈《えしゃく》をしてドアを開けてさっと去っていった。まるで風が吹き抜けたような無駄のなさだった。

「えーと」

一人きりになってしまった國善は、所在《しょざい》なくそう呟くと、意味なく背伸びをした。誰も見ていないのに、なんだか恥《は》ずかしく、どこかいたたまれない気持ちにすらなっていた。

國善は大きく息を吐《は》き出すと、さっきまで晴海が座っていた椅子に腰かけた。

目の前の机には、すっかり栄専用となった、三六式無線機がどんと居座っていた。

國善はいまだに信号の打ち方は知らない。しかし、右手を伸ばすと、ふだん栄がやっているように、トン、ツー、トン、ツーと電鍵《でんけん》を打ってみた。正確に打てたら、確かに楽しいのかもしれない。國善はそう思いつつ、自分の頭の中に浮かんだ文面を、その音に合わせてただ叩《たた》いてみた。

晴海さんは　僕を　どう思って　いるんだろう

トントントンと二回叩く。この疑問を、どこかの誰かに本当に返信してもらいたかった。自分が晴海に、猛烈にという言葉が相応《ふさわ》しいほど惹《ひ》かれていることはちゃんと自覚している。その気持ちを知ってもらいたい。それを直接的にではないが、國善なりになんとか伝えようとしてきた。

しかし、晴海の態度からはまったくそれに対する気持ちがわからない。わからないどころか、困惑するようなことばかりだ。

國善は大きく溜息をついた。そしてトントントンと今度は二回叩いた。

僕は　晴海さんが　好きだ

こんな風に直接思いを告げられたらと、國善が甘い妄想《もうそう》に浸ろうとしたとき、勢いよく赤道儀室のドアが開いた。

「あ、國さん、やっぱりここだった！」

栄が嬉しそうに走り込んできた。國善はいま想像していた文面を栄に聞かれたような錯覚《さっかく》に陥って、あわあわと慌《あわ》てた。しかし栄はそんな様子よりも、國善が無線機に手をかけている姿に、ぱっと嬉しそうな笑顔になった。

「國さんも始めたの⁉」

「い、いや、そんなわけじゃ」

「覚えようよ。僕、いいこと思いついたんだ。これから僕が、ハリーの観測結果をここから発信する」

「え？」

國善は驚いた。この無線機は肝心《かんじん》のアンテナが付いていない。普通の小学生ならまだしも、栄は充分、それこそ無線の仕組みに至っては國善よりもずっと、その意味を理解している。しかし栄は、どこか凛々《りり》しい顔つきだった。

「僕だったら、ちゃんと伝えるし、ちゃんと受け取るよ」

國善はそのとき、談話会で聞いた、ハイデルベルグのハリー観測の知らせが日本には届かなかったことを思い出していた。栄の頭の中には、ずっとそのことが残っていたのだろう。そして、いつか本当にアンテナが設置されたときのために、自分がその役目を担おうと決意したのだとわかった。

こんなに小さな子が、これだけの決意をできるのか。國善は素直に栄を羨《うらや》ましく思った。

ハリーの接近もあって、前回からそれほど間を空けずに談話会がまた開かれた。しかも今回は参加人数が多すぎて、取材の新聞記者たちは前半のみで退席、本郷の他学科の教授たち、政府や海軍の関係者は後半から参加と、二部体制で開かれることとなった。國善はそんなところに自分がずっといていいものかと思ったが、全員ににこやかに相手をされている栄の「保護者」だと、自分の立場を納得させた。

「いやあ、栄君、國善君、久しぶりだなあ！」

早池峰からやってきた木戸は、出会うなり左手で栄の頭をくしゃくしゃと撫《な》で、同時に右手で國善の背中を、確実に赤くなるほどばんばんと叩いた。栄は、今回も木戸が連れてきていた柳木《やなき》少年に、早く話しかけたそうにわくわくしていた。

話は当然、國善には難しい専門用語ばかりで進んでいったが、議題になっているのはハリーの軌道のようだった。

「五月一九日のハリーの太陽面経過は、正確な時刻は午前一一時二二分から午後〇時二二分にかけての一時間。最接近は午前一一時五二分。これでほぼ決定ですな」

「少なくとも、二等級」

平村誠一《ひらむらせいいち》の説明に、平村聖士《ひらむらきよし》が短く続けた。國善は、ハリーが燃え盛る太陽を横切っていく様を想像して、もし見えたらすごいことになるんだろうなと思った。

「それにしても、記者の皆さんの前では言いづらかったけど、ここまで世の中が騒ぐとは思ってなかったなー」

「世界中でもそう」

小橋ののんびりとした口調に、平村聖士がすぐに短く答えた。ハリーは新聞で取り上げられることが増えてきて、國善も日に日に、街中でもその話題をよく耳にするようになっていた。七六年ぶりに現れた彗星の話題は、すべての人類の興味をそそる対象だったのかと、國善はいまさらながらに思った。

「そうそう、それで満州遠征はどうなりました？」

木戸が野太い声で麻布天文台の台員たちを見渡し、最後に寺山《てらやま》台長を見た。

「私と、一尾君に決まったよ」

平村誠一が軽く挙手しながら言った。寺山は黙ってこっくりと頷き、一尾は目を伏せたまま小さく手を挙げた。

「満州に行かれるのですか？」

栄が驚いて平村誠一と一尾の顔を見ると、一尾は今度は目を上げ、栄に向かって人差し指を立ててみせた。木戸が栄に微笑みかけた。

「満州日日新聞ってところが協力してくれてね。より空気の綺麗な大連《だいれん》に、観測小屋を建てているんだ。そこに観測隊が一か月ほど滞在となったわけだが、この麻布からも行くのが、誠一博士と一尾君というわけだ」

「ほんとは僕も行きたかったんだけどねー。なぁ田倉君、君も行きたがってたじゃーん」

「そげなこと、僕はまだ……」

小橋のお調子に巻き込まれた最年少の田倉は、台長以下先輩たちに必死に首を横に振って、皆の笑いを誘った。

会話がひと段落したところで、木戸が柳木の背中をばんばんと叩いた。

「柳木君、列車でしてくれたあの話、皆さんにもぜひ披露《ひろう》してくれよ」

ひょろひょろと細い柳木は、前につんのめりそうになりながら、その勢いで立ち上がり、深々とお辞儀《じぎ》をすると、またゆっくりと腰かけた。栄も小学生とは思えぬ知識を持ち大人顔負けの会話をするが、柳木も中学生とは思えぬ落ち着きと物腰で、國善は自分が一〇歳も年上なのにも関わらず貫禄《かんろく》のなさを、密かに恥ずかしく思った。

柳木は足元に置いていたボロボロの布袋に手を突っ込んだ。すぐにカチンカチンと硬質な音が響いた。体を起こすと柳木は、手のひらを開いた。そこには小石が六個乗っていた。どこにでもありそうな何の変哲もないものもあれば、乳白色に輝いているもの、水晶のように透明なもの、螺旋模様をしたものなどもあった。

皆が柳木の手を覗き込み、続いて柳木の言葉を待った。寺山はどこかおかしそうに、口髭にすっと指を這《は》わせた。

「これは石です。ひと口に石といっても、様々です。土に混ぜると水はけを良くし農作物を育てるもの、ミネラルを多く含み豊かな水を作るもの、磨くほどに美しさを増し宝石となって人の目を喜ばせるもの、そしてときに人を殺せる凶器にもなります。ただし、そうやって石に意味を与えるのはいつも人です。石には本来、意味なんてありません。同じように自然にも意味なんてありません。そこに存在しているだけなんです」

「君はいつも石を持ち歩いているのかい?」

寺山は楽しげに聞いた。

「はい」

「どうしてだろうか?」

「繋《つな》がりを感じるからです」

「何と繋がっているのかな」

「宇宙《そら》です」

「宇宙か」

寺山は笑みを浮かべて、こっくりと頷いた。

「そもそも、なぜこんな形をしたこんな成分の石という物体が地球にあるのでしょうか。もともと、地球にあった物体と考えることも、様々な物質が混ざり合ってできたと考えることもできます。しかし僕は、これは宇宙《そら》から飛来したものだと考えたほうが、なぜだか腑《ふ》に落ちます」

國善はあまりに突飛《とっぴ》な話に目を丸くした。台員たちにとってもそれは同じようだったが、しかし少し驚いた後で、感心したような顔になり、すぐに思索に耽《ふけ》るような反応を見せていた。

「とくにハリーも、なんだろう？」

木戸がよく通る声で、皆に聞かせたかったのであろう話を柳木に促《うなが》した。

「はい。ハリーの七六年という周期、そして地球に近づく軌道などを考えると、飛来するたびに地球に新しい何かを落としていっているのではないか、そのたびに地球に何か変化をもたらしているのではないかと、そんな風に思えてきます」

國善は今度は、飛来するハリーから何かが降り注ぐ様を想像してみた。柳木が言いたいのは、きっと地球の人々にとって恵みや進化にあたる何かが降ってくるということなのだろう。しかしどうしても國善の想像力では、噂が広まった悪いシアンガスが地球を覆《おお》うようなものにしかならなかった。

「そして石を見つめていると、そんな宇宙との繋がりだけでなく、刻《とき》も繋がっているのではないかとも」

「時間かい？」

寺山はますます興味を示したようで、腕を組んで柳木にというより自分に対して相槌《あいづち》を打つように言った。柳木は手のひらの石に目を落としてから続けた。

「はい、刻《とき》は一秒一秒、ぶつ切りの点の連続ではありません。過去から未来へと繋がっています。直線なのか、円なのか、もしくは球体のような感じなのか、僕にはわかりません。もしかしたらハリーの軌道のようかもしれない。ハリーは彗星という物質でありながら、刻《とき》を旅する星です。ハリーを思うとき、僕の心は未来にも過去にも自由に行ける気がするのです」

「面白《おもしろ》いね。実に面白い」

寺山は満足げに微笑んだ。柳木は表情を変えずに、ぺこりと頭を下げた。

「ハリーが近づけば、僕の心は次に回帰する一九八六年、さらには二〇六一年にも同時に存在するのではないかと、そんなことを夢想します。絵空事《えそらごと》、です」

柳木は最後に寺山を見つめて言った。前回の寺山の言葉を踏まえてのものだった。

「参ったね」

寺山は眉間《みけん》のあたりに指を当てて、くくくと笑った。


談話会が終わると、宮田《みやた》は國善の話の聞き取りを頼んできた。しかし「國善君、台長たちとも話があるんだ。一時間ほど、待っててもらってもいいかな」と頭を下げ、寺山と両平村博士とともに、台長室のほうへ向かっていった。

政府と海軍の関係者たちは帰り、他の台員たちと木戸は近くに集まって、今後の観測についての打ち合わせを始めた。栄は柳木の傍《そば》から離れようとせず、ずっと質問攻めにしていた。

國善は、誰も自分に注目していないことを確認して、そっと講義室を後にした。この天文台では、自分の存在感が栄よりも薄いことにときどきは落ち込みもしたが、今回ばかりはそれが役に立った。

赤道儀室の階段をやや素早く駆《か》け上がった。

「國さん」

晴海が笑顔で迎えてくれた。國善は、嬉しさを隠しきれずに、唇《くちびる》を変な形に歪《ゆが》めてしまった。晴海は「國さんもいただく？」と、どこから持ってきたのか急須《きゅうす》で茶碗《ちゃわん》にお茶を注ぎ、國善に差し出した。受け取るときに、國善の手が晴海の白い指先に触れた。ぞくぞくと背中のほうに痺《しび》れのようなものが走った。

「こ、この後、宮田さんと最後の語りを、します」

國善は言った。これまで、すでに一〇〇以上の話を語った。國善は宮田にもらったこれまでの話のすでにできている原稿と、未完成分の各一行ほどの概略に目を通し、自分の記憶を掘り起こした。そして思い出せる話は、今日伝える四つですべて終わりになる。

「國さんは、なぜ早池峰の話がそんなに好きなの？」

晴海が小首を傾げて聞いた。國善は東京に出てくるまで、そこに理由があるとは思ってもいなかった。故郷に伝わる話に、同世代の少年たちよりは興味を惹《ひ》かれている自覚はあったが、それでも変わっているとは思わなかった。しかし天文台の人々にその語りを披露して以来、皆にそれは特別な才能であり、それは國善は故郷の話に特別に思い入れがあるからこそだと言われた。

自分に、他人に褒《ほ》めてもらえるようなことがあったのは嬉しかったが、ではなぜそういった話に強い思い入れがあるのかは、ずっとわからなかった。

「理由は、いままで、わ、わからなかったんですが、は、晴海さんのおかげで、ちょ、ちょっとわかった、気が、します」

「私？」

晴海はそう言うと一口お茶を飲んだ。細い目の中で、くりっとした黒い瞳が優しく光った。

「晴海さんは、ぼ、僕の話も、無線も、目に見えないものだから、ひ、惹かれるって」

「うん」

「そのお話を、聞いて、僕は、思ったんです。本当に大切なものって、じ、実は、目に見えないものなんじゃ、ないかなって」

「なんだか嬉しい」

晴海が言葉どおり、これまで以上に嬉しそうな笑みを浮かべた。鼻の上に小皺《こじわ》が寄り、白い歯を見せる晴海に、國善は、頬《ほお》の左横に小さなえくぼができることを知った。そしてそんな晴海の表情の変化のひとつひとつに見とれた。恥ずかしさよりも、その笑顔をずっと見ていたいという誘惑のほうが、はるかに勝った。

五〇センチほど開かれたドームの開口部から、西陽《にしび》が差し込んできた。晴海のえくぼのできているほうの顔が、橙色《だいだい》に染まり始めた。美しい、そう頭の中で思った瞬間、晴海がまっすぐ國善の目を見つめて言った。

「國さん、私どう見える？」

「ど、どう？」

心を見透かされていたのかと思って國善は慌てた。次に、その質問の真意がわからずに、さらに慌てた。どういう意味で晴海はそんなことを聞き、自分はなんと答えるのが正解なのだろうか。國善は勇気を出して晴海の瞳をじっと見つめ返した。すると、自分でもびっくりするほど簡単に正解が口をついた。

「綺麗です」

言い終わって、急に恥ずかしさと緊張が襲《おそ》ってきたが、國善は必死にそれに堪え、ずっと言いたかった言葉を言い切れた喜びのほうを感じようと、体を強張らせた。

晴海は何も答えなかった。しかし湯呑み茶碗を机に置き、椅子から立ち上がるとすっと國善に近づいてきた。そして國善の前に立つと、國善の右手を両手で包むように取って、屈《かが》むような格好で國善を見つめた。

「私を感じる？」

晴海の柔らかくひんやりとした手のひらの感触が伝わってくる。國善は一瞬にして、全身の血管が波打つような感覚に陥った。きっと自分の手は汗が吹き出しているんじゃないかと思ったが、その手を解くことなどできなかった。

「感じ、ます」

絞《しぼ》り出すように答えた声は、自分でも間抜けだと思うくらいに、かすれて裏返った。いま、目に見えないものが大切だと言ったばかりなのに、こうして愛《いと》しい人の体に触れることは、これほど感動することだとは知らなかった。

いや、と興奮で頭の中まで沸騰しそうだったが、國善は思った。実際に触れた向こうに、晴海の見えない何かまで、いま自分は感じ取っているのかもしれない。そうでなければ、これほど心は強く揺さぶられないのではないか。

しかしかすかに残っていたそんな冷静な思考は、次の晴海の行動で簡単に吹き飛んでいった。晴海は片膝《かたひざ》を立ててしゃがむと、國善と同じ目線になった。そして國善の手を、白い木綿のシャツの上から、自分の左の胸へと押し当てた。手よりももっと柔らかく、國善にはもちろん初めて知る感触だった。すっと気が遠くなりそうだったが、國善は必死に堪えた。そしてそれは、直接的な興奮とは別に、なぜかどこか遠い記憶を呼び覚ますような、不思議な感覚を伴っていた。

「私の心の臓は動いてる？」

國善は、ただ頷くしかなかった。頭の中は真っ白だったが、その柔らかな膨らみの下には確かな鼓動を感じることができた。

「國さんの手、柔らかくてあったかい」

晴海は手を取ったまま、今度は國善の胸にもたれかかるように顔を伏せた。晴海の甘い髪の匂いが國善の鼻腔《びくう》をついた。

國善は思わず、晴海の背中に左手を回した。抱き寄せたのではなく、そうしないと卒倒してしまいそうだったからだった。

「國さん、そこにおると？　宮田さんが呼びよりますよ」

突然外から聞こえてきた田倉の声に、國善は思わず晴海の手を振り払って飛び上がった。そして初めて赤道儀室に来たときからは二度目、思い切り屈折望遠鏡に頭をぶつけた。

「どうかしたのかい」

図書室に入っていくなり、宮田が國善の顔をじっくり見つめてから言った。

「え、あ、な、何が……」

國善が慌てると、宮田はおかしそうにふっと笑った。

「さっきまでの國善君と、まるで違うよ」

「そ、そうでしょうか」

國善は、ついいましがたの晴海との時間の嬉しさが、顔に出てしまっているのだろうかと思った。すると宮田はそのとおりのことと、もうひとつ、國善が思ってもいなかったことを口にした。

「何かいいことでもあったのかい。こんな明るい國善君は初めて見た。しかも、おでこをそこまで痛々しく腫《は》らしてるのに」

國善は思わず、自分のおでこに手をやった。そこは宮田が言うとおり、三センチほどの半球のように腫れ上がっていて、触れてみて初めてその激痛を感じた國善は、「痛ててて」とその場にうずくまった。


「じ、自分が、し、死んでしまったことを、さ、悟っていない者の、は、話も多く、あ、あります」

水に浸した手ぬぐいをたんこぶにそっと当てながら、國善は最後の話を宮田に語り始めた。

「ある若い女は、幼いころより喘息《ぜんそく》を患《わずら》い病弱でした。あるとき、急に発作が襲いました。田舎道であたりには誰もおらず、家もありません。女は発作がやや落ち着くのを待ち、なんとか立ち上がると、行きつけの病院へと、一歩一歩、足を引きずって歩き始めました。眩暈《めまい》に堪えつつ女がふと前を見ると、自分が歩いていた道ではないところにいることに、気づきました。そこは空中だったのです。見覚えのあるような景色でしたが、ぼんやりと薄い光に包まれてあたりはよく見えません。女はもうひとつのことに気づきました。すでに発作も眩暈も、すっかりなくなっていたのです」

國善は水差しの水を一口ごくりと飲んでから続けた。宮田はいつものように、見事な速さと達筆で、万年筆で國善の言葉をノートに書き留めていた。

「空中はやがて、見渡すと芥子《けし》の花が咲き乱れる花畑になっていました。彼方には眩《まばゆ》い星々が光り輝いています。女はますます心地よくなり、軽々と歩を進めました。すると目の前に男の姿が現れます。死別《しべつ》した夫です。女は夫に駆け寄ります。しかし夫は、いま来てはいけないよ、と告げて背を向けて去っていきます。女は必死に追いかけようとしますが、これまでが嘘《うそ》のように、体が重く言うことを聞きません。それどころか耳元がやたらと、不愉快《ふゆかい》なほどうるさく感じます。女は嫌々ながら、目を開きます。そこには、病院の医師と駆けつけた親戚たちがおりました。聞くと、女は田舎道で倒れて息をせず、見つけた村人の知らせで病院に担ぎ込まれ、皆は葬儀《そうぎ》の段取りを相談し始めたところだったそうです」

國善はゆっくりと息を吐いた。宮田はそれからしばらく、さらさらと筆を走らせ、それが終わると國善と同じように、大きく息を吐いた。

「お疲れ様、國善君」

この短い期間に、國善は一〇〇以上の話を語り、宮田はそれをすべて書き留めた。國善は、この達成感と宮田への感謝を言葉にしたかったが、脱力感のほうが大きかった。椅子にもたれかかり、もう一度大きく息を吐いた。

「うまくいけば、再来月あたりには形になるんじゃないかな」

宮田が微笑みかけた。國善はそんなに早く出来上がるものなのかと驚いた。

「題名は『早池峰物語』でいいかな？」

宮田の問いに、國善は満足げな笑みを浮かべて「はい」と頷いた。

五月になって、ハリーの接近はますます、市井の人々の間でも話題となっていった。東京では夜ともなると、愛宕《あたご》や九段《くだん》や湯島天神《ゆしまてんじん》といった高台に、空を見上げる人々が集まってくるようになった。

塵のようにしか見えなかったハリーは、他の瞬《またた》く星々とは明らかに違う姿を見せるようになってきていた。わずかだが尾のようなものを引いている。

夜空に浮かぶその星を最初に認めると、そのたびにその異形《いぎょう》に國善はどきっとする。あんな彗星がやってきて、本当に地球にぶつかったりしないのだろうか、通過するときに、巻き込まれたりしないだろうかと、広まった噂のように、あるいはかつて凶星と忌《い》み嫌われたように、不吉《ふきつ》な気持ちに包まれる。

しかし、しばらく見ていると、その恐怖は薄らいで、やがてなくなってしまう。遠いところにあるせいだというのはわかるが、まったく動いているようには見えないからだった。もっと接近するとは聞いているが、それでもこんな風にのんびりと、遠い空の向こうを過ぎ去っていくのだろうと、そんな風に思えてくる。

栄は、ご主人とおかみさんに國善からお願いしてもらって、夕飯後も麻布天文台に通うことが増えた。おかみさんが宿題や成績を持ち出して難色《なんしょく》を示しても、学校の休み時間の間に宿題は終わらせてしまっているし、先生たちがひたすら目を細める成績を一度も落としたことがないから、すぐに話は終わってしまう。

子供が夜に出かけることについて心配しても、國善が必ず付き添うし、歩いて五分とかからない場所、さらにそこには東京帝国大学の施設で、帝大卒の英才たちが集っている。さらに國善から、その英才たちが栄に、普通では学べない知識を毎日授けているんですよと言われて、おかみさんは納得するしかなかった。

結果、おかみさんは台長に改めて挨拶《あいさつ》に行き、その後はときどき、山ほどのいなり寿司などをこしらえて、栄に持たせるようになった。

平村誠一と一尾は満州へ出発した。栄はうっすらと涙を浮かべて二人を見送ったが、一尾は「たった一か月だ。びっくりするような写真を、土産《みやげ》に持ってくるよ」と、栄とがっしり握手をした。ふだん人とあまり関わらない、皮肉屋《ひにくや》の一尾が、栄のことは目にかけているのは皆知っていたが、ここまで優しさを表した様子にはさすがに目を丸くした。

その日、栄は無言で無線機をずっと叩いていた。きっと、満州へ向けたつもりの文面を打ち込んでいるんだろうなと、國善はあえて尋《たず》ねずにその姿を見守った。

その日は宮田に呼ばれて、講義室で出版社の人間を紹介された。宮田が予想していたとおり、『早池峰物語』はもう来月には刊行されるという。部数はほんの数百部で、著者名も宮田一人になると聞かされたが、それでも國善は嬉しかった。最初の頃の苛《いら》ついた気持ちのままだったら、自分の名前の本ではないことが堪えられなかっただろう。

しかし実際、これは自分の伝えた話だが、宮田の筆力と知識人たちへの知名度がなければ形にはならなかった。甘んじて受け入れたわけではない。國善は自分の役目を全《まっと》うしたような満足感を感じていた。

そして、やはりそんな風に思わせてくれたのは晴海だ。さらに、今日も宮田に「國善君はやっぱり変わったよ」と言われるほど、國善は表情も豊かになっていたし、人と接するときの臆《おく》病《びょう》さが減り、そのぶん楽しさが増していた。しかしそれがまさか、晴海の胸を触ったときからとはとても言えない。

ほとんど「宮田さんにおまかせします」としか言葉を発していない打ち合わせを終え、國善は講義室を出た。宮田と話をしている最中も、窓から見える赤道儀室が気になっていた。

あれはもしかしたら夢だったのだろうか。晴海の大胆な行動を思うと、ときどきそんな疑問が湧く。しかし、同時に現実だったと知らせるように、体中の臓器が暴れ出し体が熱くなる。あのときの晴海の真剣な眼差《まなざ》しが、脳裏《のうり》に刻みつけられたように頭から離れない。

もっと晴海のことを知りたい。そう思ったとき、國善はふと気がついた。そういえば、晴海の生まれや、育った場所、家族や友達の話など、何ひとつ聞いたことがなかった。自分はべらべらと作家になりたい話から、読んだ本や早池峰の物語を語り、さらには憤《いきどお》りや怒りまでぶつけてしまっている。

國善は大きく息を吐いてから、何かきっかけをと考え、天文台を出て走って飯倉《いいくら》交差点の商店に飛び込み、なけなしの二〇銭で三ツ矢シャンペンサイダーを二本買い、また急いで戻った。

赤道儀室の階段を上がる。晴海に会いたくて仕方がないが、緊張でいまそこにいてほしくないという気持ちも同時に湧き上がる。扉の取っ手を握《にぎ》ったまま、しばらく逡巡《しゅんじゅん》していると、内側から急に扉が開き、國善は手を引っ張られ中に転びそうになりながら入った。

目の前には晴海の顔があった。驚いた顔をして、細く目をぱちぱちと瞬《しばた》かせていた。息がかかりそうなくらいの距離に、國善は真っ赤になって後ろに飛び退いた。

「危なっ……」

國善が階段から落ちてしまうと思ったのか、晴海は扉の枠に左手をかけ、右手を差し出し、國善の右手を取った。ひんやりとして柔らかい感触が伝わった。國善はいまの自分の状況も忘れて、その繋いだ手に全神経を集中した。あまりにも興奮していたせいか、眩暈がしてその手が見えなくなっているほどだった。

晴海に手を引かれて國善が中へ入ると、当然だが晴海は手を離した。國善はがっかりしながら、扉を閉めた。

「びっくりした。何の音だろうと思ったら、國さんでよかった」

晴海は胸に手を当てて、ほっとしたような可愛《かわい》らしい仕草をした。國善はまたどきっとしてしまい、照れ隠しで急いでサイダーを差し出した。

「わあ、シャンペンサイダー」

「あ、その、こ、これ、宮田さんにもらったんで、よかったら一緒に」

あなたのために買ってきましたと言えずに、咄嗟《とっさ》に意味のない嘘をついてしまった。しかもここには栓抜きがないのであらかじめ店で開けてもらってきている。それでまだ冷たく炭酸の泡もしゅわしゅわと動いているのだから、すぐに気づかれるような嘘だった。

「嬉しい。いただきます」

しかし晴海は無邪気《むじゃき》に笑い、無線機の置かれた机の前に座り、その手前の椅子を國善に勧めた。

「乾杯」

晴海はカチンと自分の瓶と國善の瓶を合わせた。喉《のど》が渇いていたのか、晴海はごくごくとサイダーを飲んだ。白い喉が上下に動いている。その様子をじっと見ていたのを悟られないように、國善も勢いよく飲んだ。勢いがよすぎて、げふっと思わずげっぷをしてしまい、晴海が笑った。國善も赤面しつつも、つられて笑った。

「國さん、『早池峰物語』、どう？」

「お、おかげさまで、もう話は終わって、み、宮田さんもほぼ、執筆を、お、終わらせたと、おっしゃって、ました。ら、来月には、本に、なるそうです」

「すごい、本当に実現したのね。國さんの才能が、世の中に出るのかぁ。なんだか私も誇らしい気持ちになるわ」

「い、いや、み、宮田さんがすごい方で、その力で……」

「違うわ。宮田さんには宮田さんの才能と役割がある。でも、前にお話ししたとおり、國さんは目に見えないものを感じ取って、それを伝える力があるから」

晴海は力強くそう言うと、真顔のままで國善をじっと見つめた。

「最近の國さん、ちょっと変わったわ」

「か、変わった？　ぼ、僕が？」

「なんだか堂々としてる。というか、なんだか生き生きとしてる気がするの。きっと毎日が充実してるからじゃないかしら」

「そ、そう、でしょうか」

晴海に褒められれば当然嬉しいが、自分はどこか卑屈《ひくつ》で引っ込み思案で自信が持てない性格だと自覚していたので、その言葉はすぐにはそのまま受け入れられなかった。しかし、それでも確かに昨今は、宮田との作業も前向きにやれていたし、天文台の皆とも、ただ話を聞くだけでなく、ちゃんと会話を楽しめるようになってはいた。晴海がそのわずかな変化を感じ取ってくれているのかと思うと、体のどこかがきゅんとするような気がした。

「それにしても、國さんの才能もすごいけど、國さんのご実家のあたりは本当に不思議な話が多いのね」

「ぼ、僕はそれが、普通だと思ってたんですが、み、宮田さんや皆さんに話をして、とても、めずらしがられて、そ、それで、特別な土地、だったのかなって」

晴海は「そうよ」とばかりにこっくりと頷き、サイダーの瓶《びん》の水滴を指で拭《ぬぐ》った。

「は、晴海さんは、どちらの、しゅ、出身なんですか。ど、どんな、子だったのかな」

「もう、いいわよ、私の話なんて」

「い、いいえ、もしよかったら、知りたい、です」

晴海は笑って話をかわそうとしたが、國善は勇気を振り絞ってさらに言った。好きな人のことはどんなことでも知りたい。素直にそう思った。

國善は、晴海がいつものように微笑みかけてくれ、自分のことを語ってくれるのを待った。しかし、晴海は次第に顔から表情を消していき、予期せぬほど長く沈黙した。國善もそんな晴海の様子に、それ以上言葉を発することができなかった。晴海の瞳は、まっすぐに國善に向いていた。

いったいどれくらいの時間が過ぎたのかわからなかった。静けさの中で、不意《ふい》に晴海の瞳に光が灯ると、ぽろりと、一粒の涙がこぼれ落ちた。

「ご、ごめんなさい」

涙の意味はわからなかった。もしかしたら、恵まれていない過去、他人には言いたくない過去があったのかもしれない。そして、自分の質問がその部分を無神経に突いてしまったのかもしれない。國善はひたすら、頭を下げた。

なかなか顔を上げることができなかった。晴海が涙するときに、どんな風に慰《なぐさ》めて、何を謝って、どう元気にさせられるか、國善は何ひとつ思いつかなかった。

やがて、俯《うつむ》いた目線の先、自分の手の上に晴海の白い手が触れた。

「え」

驚いて目を上げると、頬に涙がこぼれた跡はあったが、すでに泣きやんでいる晴海が、微《かす》かに笑みを浮かべて目の前にしゃがんでいた。

「晴海さん」

國善は目の前にいる愛しい人の名を呼んだ。

「國さん、ありがとう」

なぜいま、晴海に礼を言われるのかわからなかった。そしてその疑問の答えを知ることはなく、その疑問自体が次の瞬間に吹き飛んだ。

晴海は顔を近づけると、自分の唇を國善の唇に触れた。そしてしばらくそのままでいた。國善の中で時間は完全に止まっていた。女性の唇は、こんなにあたたかく弾力があるものかと、頭の片隅でそんなことを思っていた。

唇が離れた瞬間、國善の唇に微かに晴海の吐息がかかった。そして國善の唇には、ほのかにサイダーの味が残った。

接吻《せっぷん》などもちろん初めての経験だった。

國善はその夜、昂《たかぶ》りを必死に堪えて、下宿の部屋であぐらをかいて机に向かった。目の前には原稿用紙がある。今日、愛と真理を同時に悟ったような気がした。作家として、これは文章に残さねばならない。國善は強くそう思い、その言葉が降りてくるのを待った。しかし結局、一行目に「接吻」と書き、その文字をひたすら凝視《ぎょうし》するだけで、あっという間に夜はふけ、そして明けていった。

午前四時を過ぎてもまんじりともせず、國善はぱんぱんと両頬を叩くと立ち上がり、そっと下宿の外へ出た。まだ真っ暗だったが、なんとなく朝がやってきそうな気配は漂《ただよ》っていた。

麻布天文台の人々は、星が瞬《またた》く時間がいちばんの仕事どきなので、普通の人々とはまったく違う時間帯で動いている。おそらくいまごろ、ハリーの観測中か、もしくは終えたころだろうと國善は思った。当然すぐに晴海のことを考えたが、さすがに女性がこんな時間に天文台にいるはずはない。

空を見上げた。位置を聞いていなかったので、全方位に目を向けてみたがハリーは見えなかった。そもそも他の星もぼんやりとしか見えないところを見ると、かなりの広範囲で空は雲で覆われているようだった。遠く品川の海岸に、漁船らしき光が三つ小さく揺れているだけだった。

國善は麻布天文台へ向かった。はたして、飯倉の交差点からでも、赤道儀室やその先の洋館の窓にほんのりと電気が灯っているのが見えた。どうにも体の火照《ほて》りが収まらないので、國善はいまいる人たちと話でもしようと、やや早足で天文台へと入っていった。

「だ、誰か、いますか」

こんな明け方に突然入っていって驚かせてもいけないと、國善は赤道儀室の下から声をかけた。しかし返事はない。それが自分の声の通らなさのせいだということはわかっているので、國善は階段を四段上がって、すっと息を吸い込んでから、もう一度同じ言葉を大きく発した。するとすぐに扉が開いた。当然それは晴海ではなかった。

「あらら、作家先生、どーしちゃったのこんな夜ふけっていうか、早朝にめずらしい」

小橋が欠伸《あくび》を噛《か》み殺しながらも、唐突に現れた國善の姿に喜びつつ言った。

「い、いや、ちょっと眠れなくて、いま、ハリーは、どうかなって」

「うーん残念、二時過ぎから曇っちゃっていま見えないんだ」

「そ、そうですか」

「まあ立ち話もなんだし、國善君、そこに座る?」

「こ、ここに?」

「冗談だよ。どうぞ」

小橋は堪えきれずに「くくく」と笑うと、手をくいっと曲げて手招きした。國善は呆《あき》れた顔を見せてから、ふっと笑って階段を上がっていった。

中に入ると小橋は一人で、机の無線機の前に広げたノートに、数字を書き取っていたようだった。いつも國善はその行為は晴海でしか見たことがなかったので、妙な心地がした。そういえばこれまで、赤道儀室では晴海以外の台員に出会ったことはなかった。この天文台でも重要な施設のひとつなのだから、もっと他の台員に出会っても不思議ではなかったが、栄の学校帰りの時間帯が、ちょうどそんな時機だったのだろうかと國善は思った。

「いつも、こ、こんな時間まで、大変、ですね」

「働いてる時間は、本郷の連中とそうは変わんないんじゃない？」

「そ、そうですか」

「そもそも親にも友達にも、おまえは遊んでるんだろって言われるような仕事だしなあ。好きで星を見てるんだから、大変だって言ったらバチが当たっちゃうよ。國善君だって、作家やってるの大変じゃないでしょ」

仕事を好きでやっているという考え方は、これまで國善は思ってみたこともなかった。お調子者の小橋の不意打ちのような含蓄《がんちく》のある言葉に、國善は面食《めんく》らい、軽い感動を覚えた。とても自分は作家ですと名乗れるような立場にはないが、それでも芽が出る日を信じて続けている理由は何か。それは使命感でも才能の過信でもなく、確かに根本には、書くのが好きだからという、単純な理由がある。

「な、なんというか、小橋さん」

「昨夜、國善君とこのおかみさんにもらった助六、残ってるけど食う？」

國善がそんな思いを伝えようとすると、小橋はそう言って國善の返事を待たずに稲荷寿司を手渡し、伸びをしながら「ふわー」と声に出して欠伸をした。

そういえば昨日の昼から何も食べていなかった。晴海に接吻されてから、食事をしようという考えすら頭をよぎらなかった。手元にある稲荷寿司を見つめると、猛烈に口の中に涎《よだれ》が溢《あふ》れ出してきて、國善は残っていた三つを一気に口に詰め込むように食べ切った。

「しかし作家の友達ができるとはなぁ。こないだ地元の連中に自慢しちゃったよ」

小橋はまた話を戻してきて、國善は思わずむせた。小橋は「おいおい」と自分の湯呑みに、すっかり冷えていたお茶を注いで、國善に渡した。國善は手だけで「すいません」という仕草《しぐさ》をし、受け取ったお茶を一気に飲み込んだ。

また作家だと言ってくれたことだけでなく、次の友達という言葉のほうにも國善は驚きと喜びを同時に感じた。

「なんかさ、悪口言っちゃうけど、本郷の文学部の連中って、どうにもいけすかなかったんだよねー。もちろん全部が全部そんな連中じゃないけど、なんつーの、俺たちがいちばん物事の本質を知ってるんだみたいな顔しちゃってさ、本だけ読んでるおまえらに何がわかるよって、正直思ったこと、一度や二度はあるよ」

「そ、そう、ですか……」

「あ、ごめん嘘ついちまった。一度や二度じゃなくて、七度か八度はあったかな」

小橋は真顔でそう続けてから、やがてぷっと吹き出した。國善もつられて笑った。

「でも、ぼ、僕も似たようなもので」

「いや、國善君は違うよ。気は弱いし、声は小さいし、挙動不審だし、若造だし、まあまだ名を成したわけでもないじゃん」

小橋はにっこりと笑った。國善はしばらくの沈黙の後で、口を開いた。

「い、いいところが、ひとつも、なかったような……」

「ああ忘れちゃってた」

小橋は明らかにわざとだったようで、そう言うと舌を出して笑った。

「ここにいるみんなが、そんな國善君をもはや仲間のように思ってる。それはたぶん、自分たちと分野は違うけど、何かしよう、何かを全うしようっていう、芯の強さみたいなのを、感じちゃってるからだよ。それに、栄君とは違う意味で、國善君は僕らのやってることを、ときどき、じっと観察しちゃってるだろう」

「そ、そんな……」

小橋の指摘は思ってもみないことだった。いつも自分は、熱心な栄の保護者のような気分だった。星のことは、これだけ天文台に通っているのに知識はほとんど増えていない。それよりも、それぞれの人たちが、どんな仕事をどんな風に遂行《すいこう》しているかというほうに興味があった。

ふとそう思って小橋を見ると、「それだよ」と言うようにこっくりと頷いた。

「宮田さんとのこともあったじゃん。國善君がこれから、自分の望む道に進んじゃうのか、他人が求める道に進んじゃうのか、それはわからないけど、でもたぶん、間違うことはないんじゃないかな」

「ど、どうして、そんな風に……」

國善が思ってくれるんですかという言葉を足す前に、小橋は芝居がかった顔つきになった。

「だって、友達じゃん、俺たち」

またその言葉が出て、國善は恐縮《きょうしゅく》してどぎまぎとした。

「と、友達、ですか。なんだか、おこがましいと言うか」

「あ、そういうこと言っちゃうと、俺もだけど、もっと傷ついちゃうだろうなー。國善君のこと、親友だと思ってるのに」

小橋はそう言うと、扉のほうを指さした。その向こうから、軽やかに階段を一段飛ばししてくる足音が聞こえてきた。扉が開くと、大量の紙束を抱えて田倉が入ってきた。

「國さんどげんしたと、こんな時間に」

田倉は思わぬ時間の訪問者に、ぱっと笑顔になった。國善は小橋に言われた言葉に、妙に照れて赤くなっていたが、田倉は気づいていないようだった。

「ね、眠れなくて、皆さんとハリー、どうしてるかなって」

「皆さんとハリー、いい表現だねえ、さっすが作家だねえ」

小橋が腕を組み、國善は確かに妙な言い方になってしまったと頭をかいた。

「ハリーさんは、ときどき好かん。隠れすぎったい」

田倉はふくれっ面になった。確かに四月は曇天《どんてん》ばかりで、ハリーはほとんど見えなかった。最近は前よりも観測しやすくなっていたが、それでもすぐに雲に隠れてしまう。

「いやいや、いい女はそうじゃないとね」

「もっと優しい彼女がよか」

小橋の軽口に、田倉が口を尖《とが》らせた。國善はそのやりとりに、思わずぷっと声に出して吹き出してしまった。

「あれ、小橋さん、僕の稲荷は？」

「國善君にあげちゃった」

「仕事終わりで食べますってとったやなかですか！」

國善はついに堪えきれなくなって、「わはははは」と大声で腹を抱えて笑い出した。これほど人前で大笑いしたのは、ほとんど初めてだった。

「國さん」

まどろみの中で、甘い囁《ささや》きが耳を撫でるように聞こえてきた。晴海の声だった。國善は目を開けた。そこは、真っ白な光に包まれた不思議な場所だった。自分の目が霞《かす》んでいるのか、それとも実際に靄《もや》がかかっているのかよくわからないが、とにかく前がよく見えない。

白い光の中で、白い何かが揺れた気がした。近づくとそれは、晴海の洋服の裾《すそ》だった。次第に輪郭《りんかく》が見えてくる。目を上げていくと、白い光の中に徐々に黒い影が見えてきた。どうやら晴海の長い髪のようだった。

ふと、自分の手にひんやりとした柔らかいものが触れた。もう知っている感触だった。晴海の手だ。國善は思い切ってその手を握り返した。そのとき、晴海が目の前で微笑む顔が見え、同時にふわっと冷たい風が國善を包んだ。

國善はあたりを見渡した。今度は白い光が視界からすっと消え、そこは漆黒《しっこく》の空間だった。それはまるで宇宙空間のようだった。そして何かに乗って、すごい勢いで飛んでいるような気分だった。恐怖を感じてもおかしくないのに、なぜか國善は感じたことのない多幸感に包まれた。

ここはどこなんだろう。國善は思った。そして突然、それがどこなのかわかった気がした。

もしかしてここは、ハリー？

「晴海さん」

疑問を確かめる前に、國善は手を繋いだ愛しい人の名を口にした。晴海は自分に微笑みかけてくれる。しかし、國善はひとつ違和感を感じた。自分の発した言葉が、なんだか濁っているようだった。なぜだろう。口の中がおかしい。

「國さん」

再び耳元に甘い声が聞こえた。しかしそれは、目の前の晴海が発したようには聞こえなかった。國善はまた、ゆっくりと目を開けた。

ぼやけた視界の中で、右に九〇度の角度で晴海の顔がゆっくりと見えてきた。心配そうに自分の顔を覗き込んでいる。國善はさっきまでの白い光の中の晴海とは違う雰囲気だなと思った。同時に、自分の口元が妙なことに気づいた。

國善は机につっぷして寝ていて、思い切り涎《よだれ》を垂《た》らしていた。

「わ、晴海さん」

國善は慌てて起き上がった。机の上には半径五センチほどの染みがしっかりと残っていて、國善は真っ赤になって、慌てて着物の袂《たもと》でごしごしと拭《ふ》き、続いてだらしなく垂れていた口元もその袂で拭った。

「か、かっこ悪い」

思わずそう呟いてしまい、國善はさらに赤くなった。晴海は「気にしないで」という意味の笑みを向けた。

今朝方、まだ眠れそうになくて、小橋と田倉を見送って國善は赤道儀室に留まった。最初のうちは雲しか見えない望遠鏡を覗いたり、打ち方も知らないのにまた無線機に繋いだ電鍵を適当に叩いてみたりした。それはおもに晴海への、直接言うことも手紙にしたためることもとてもできそうにない、恋の文面だった。

それがいつのまにか眠ってしまって、涎まで垂らしていた。窓から注ぐ光を見ると、とっくに太陽が昇っているどころか、すでに昼くらいになっていそうだった。

國善は口元に続いて、きっとぼさぼさであろう髪の毛を指ですいた。晴海は國善の前に椅子を置いて座った。晴海はまっすぐ國善を見つめた。

「國さんは、かっこ悪くなんかないわ」

「え」

國善も晴海の目を見つめ返した。細い目の奥にある黒い輝きに吸い込まれそうになる。

「宮田さんとのお話は全部終わったのよね」

「う、うん」

晴海の突然の問いに國善は頷いた。

「その中に、ほうき星のお話はあった？」

「ほうき星？」

そう聞かれて國善はこれまでの話を思い出した。確かに二つ、彗星の話がある。ひとつは最初に天文台の皆に披露して、宮田との共同作業のきっかけになった。

「あります」

「そのお話を、聞かせてくれない？」

晴海のその口調は真剣だった。國善はまたじっと晴海の目を見つめた。そしてなぜその話を聞きたいのかという疑問は後回しにすることにした。

國善は、もうひとつのほうの彗星の話を語り始めた。

「東北の三陸沖では、数十年に一度の割合で、頻繁《ひんぱん》に大きな地震が起きます。一五年前もそうでした」

自分が子供のころにあった大地震は、比較的内陸の早池峰にも大きな被害を及ぼした。大地震はこの一〇〇年で三度も起きている。

「いつのときの地震だったのか、そのときも多くの人が亡くなり、また多くの人の行方がわからなくなりました。ある男は、小さな娘を抱えたまま、いなくなった妻を何年も探していました。男は必死に働き、娘を育て、年老いた父親の面倒を見て、いつ妻が帰ってきてもよいように、生活の準備をしていました。数年もすると近隣から再婚の話も舞い込みましたが、男はそれを断り続けました」

國善はそこで一息ついて、屈折望遠鏡に何気なく触れた。

「あるとき、地球に大きなほうき星が近づいてきていました。その知らせが東北の寒村《かんそん》にも届いたころに、不思議な出来事が起き始めました。地震で行方不明になっていた人の姿が、ときどき現れるというのです。ある者は親を、ある者は子を、ある者は夫や妻を、ある者は親しい友を、ほうき星が夜空に瞬くときに見かけたり、その人たちと話をしたというのです」

晴海は黙ったまま、大きく瞬《まばた》きをした。

「その噂を聞いてからというもの、男はほうき星が見える間は、ひたすら見通しのいい野原に立ちました。そして新聞によれば今日でほうき星が見られる最後の日だというその夜、ついに願いが叶《かな》いました。彼の前に、ずっと待ち続けた妻が現れたのです。男はその姿を見て泣き崩れました」

國善は目を閉じて続けた。

「しかし妻はそんな彼の姿を見ても何も言いません。男は言います。ずっと待っていた、帰ってきておくれ、子供も大きくなった。しかし妻は黙ったまま、ただ首を横に振りました。なぜなんだ。男は妻の肩を摑《つか》んで叫びます。そのとき、口を開かぬ妻の声が、男の頭の中に聞こえてきました。私はいまここにはいないのです、星のいたずらにすぎません、まもなく姿を消します。男は愕然《がくぜん》とします。じゃあなぜ現れたんだ。いつまでもいてほしいのに、なぜすぐにいなくなってしまうんだ。しかし妻はその問いには答えません。そして、そのまま男の前から、星が朝日に吸い込まれるように、消えていきました。男が絶望して天を仰ぐと、ほうき星もいつのまにかいなくなっていたのです」

國善が語り終えると、いつのまにか晴海は俯いていた。國善は自分の話を、晴海が気に入ってくれたかが気になったが、その表情は読み取れなかった。

「こ、故郷やそのまわりには、こんな話が多いのです。か、神隠しの話も、多い。それはきっと、こういう地震や、昔の飢饉《ききん》や伝染病、あるいは、そ、その、間引きの習慣もあったことでしょう、そうやっていなくなった人々の悲しい話が、び、美化されたり、願いが込められたり、その結果生まれた言い伝えではないかと、そ、そう僕は思います」

國善は言った。しかし晴海は俯いたまま何も答えなかった。様子がおかしいと思って、國善はその顔を覗き込もうとした。

「は、晴海さん?」

「やっぱりそうだったんだ」

國善が名前を呼ぶと、晴海はそう小さく呟いた。

「やっぱり?」

わけがわからず國善が尋ねると、晴海はゆっくりと顔を上げた。目にはいまにもこぼれ落ちそうなくらいに涙が溢《あふ》れてきていた。しかし晴海は、そんな物悲しい目をしながらも、必死に笑顔を作ろうとしていた。

「晴海さん……」

國善はその名を呼ぶことしかできなかった。晴海はただ黙って、潤《うる》んだ瞳を國善に向けていた。

ずいぶん長い時間が経った後で、國善は勇気を出して手を伸ばし、晴海の小さく白い手に触れた。いつのまにか、そのひんやりとした感触は、國善がいちばん求めるものになっていた。

「晴海さん」

國善はもう一度、しっかりと名前を呼んだ。そのとき、晴海はゆっくりと大きく瞬きをした。堪《こら》えていた涙がぽろりと両目から一粒ずつこぼれ落ちた。それを合図のように、晴海は國善の耳元に近づき、囁《ささや》くように言った。

「少し時間をちょうだい」

晴海はそのまま立ち上がると、國善の返事を待たずにすっと横を通り過ぎ、またも風のように扉を開けて出ていった。

扉が閉まる音がしてから、國善は我に返ったように振り向いた。微かに晴海の匂いだけが残っていた。

次の瞬間、草履《ぞうり》が駆け上がってくる馴染《なじ》みの音が聞こえてきた。

「國さん、先に来るなんてずるいよ！」

栄が扉を開けて飛び込んできた。國善は聞いた。

「晴海さんは？」

時間的に、確実に二人はすれ違っているはずだった。

「晴姉さんがどうしたの？」

栄はきょとんとした顔で國善に聞き返した。國善はなぜか、それを不思議だと思わなかった。


ハリーの光度は二等級ほどになっていた。小橋や田倉の説明によると、それは北極星ほどの明るさだという。しかし北極星とは違い、ハリーには「尾」があり、他の星々に対する位置が日々変わる。夜中の高台にはますます人が溢れ、新聞は連日、今日は見えた今日は見えなかったとハリーの動向とともに伝えていた。

少し時間をちょうだい、という晴海の声が何度も頭の中でこだまする。その真意も理由もわからなかったが、確かにその日以来、國善は一週間以上晴海の姿を見ることがなくなってしまった。

毎日毎日、國善は天文台に来るなり、栄や台員の皆が不審に思わない程度に、赤道儀室から始まって、天体写真儀室や講義室や図書室、さらに建物の裏まで、晴海の姿を求めて歩き回った。

「あれ、國さん運動始めたと?」

不意に田倉に声をかけられて、國善はその言葉の意味がわからず慌てたが、どうやら人から見れば、もはや晴海を探して歩く速度は走っているようにすら見えているようだった。

「そ、そうです、ふだんあんまり体を動かさないので」

國善は照れ隠しの意味で咄嗟《とっさ》に嘘をついた。

「それがよか。僕も最近、観測疲れやけん一緒に走るったい」

田倉はそう言うと、國善の後をついて走り出した。國善はやむを得ず、その後しばらく天文台の敷地《しきち》の中を走る羽目になった。

晴海はなぜいなくなってしまったのだろうか。

走りながらも、國善はそのことばかりを考えた。そして國善はなぜか、晴海が天文台を辞めたとか、故郷へ帰ったとか、まず考えられるような理由ではないと確信していた。晴海がいないのには、何か他に理由がある。しかしそれが何なのかは、もちろんわからない。

このまま二度と会えないのだろうか。そんな考えたくない言葉が頭に浮かびそうになると、必死に違うことを考え、その悪い予感を振り払った。

國善は走る速度を上げた。

「國さん、僕考えたんだけど、これでいつか、宇宙《そら》に行けないかな」

その日は天文台の崖側《がけがわ》の草むらに座って、栄は國善に竹鉄砲《たけでっぽう》のおもちゃを見せた。杉の実を先端《せんたん》に押し込み、それを後ろから脱脂綿《だっしめん》を巻いた棒を勢いよく入れ、その空気圧で実を飛ばす。國善も子供のころはよく自作しては、より遠くへ飛ぶ竹鉄砲を作ったり、水鉄砲《みずでっぽう》に作り替えたりしたものだった。

「そ、宇宙《そら》に？」

「うん。ここには空気が入ってるけど、たとえば蒸気を入れたら、きっともっと遠くへ飛んでいくでしょう。國さん、ライト兄弟は知ってる？」

「き、聞いたこと、あるかも」

新聞記事で読んだ記憶はあった。七年ほど前にガソリンを使って飛行機を飛ばすことに成功させた兄弟がいて、その後、アメリカでは文字通り飛躍的《ひやくてき》にその技術が向上しているという。

「それまで、空気より重いものが飛ぶなんて、誰も考えてなかったと思うんだ。だったら、柳木さんも言ってたけど、宇宙《そら》まで飛ぶことだって、いつかできるかもしれないよね」

「そ、そう、かもしれないね」

この手の話になると、もはや國善は栄の聞き役に徹することしかできない。栄は再び竹鉄砲に目を落として続けた。

「この竹の中に、蒸気とかガスをいっぱいいっぱい詰めて、あるときぼんって火をつけたら、すごく遠くまで飛ぶと思わない？」

「う、うん」

正直なところ、國善は栄が言わんとしていることが、次第によくわからなくなってきていたが、話を邪魔しないために頷いた。

「そんなすごい宇宙飛行機ができたら、月や火星にだって行けるようになるかもしれないよ。國さん、ハリーにだって降りることができるかもしれない」

國善はまた、「そうだね」と無難な相槌を打つつもりだった。

しかしそのとき妙な心地がした。ふっと体が浮いてしまったような気分だった。この感触は、どこかで味わった。それは、白い光の中だった気がする。いや、漆黒の空間だったか。思い出した。これは晴海と一緒に、何かに乗ってすごい勢いで飛んでいたときの感覚だ。あれは、晴海に最後に会った日の直前、無線機の前で居眠りをしてしまったときの夢だ。

「國さん、危ないよ！」

栄の声で我に返った。いつのまにか國善はふらふらと立ち上がって、崖のほうへとまっすぐ進みかけていた。國善は遠くに海が見える景色から、ゆっくりと足元を見下ろした。そのかなた先には様々な家屋《かおく》の屋根が見えた。國善は「わ！」と叫んで、思わずその場にへたりこんだ。

「まったくもって、少年たちの絵空事には、ずっとやられっぱなしだね」

國善の慌てぶりなどまったく気にしていないかのような、のんびりとした声が聞こえてきた。振り向くと、寺山台長が腕を組んで髭に指をあて、感心したように栄を見ていた。

「栄君、しかし宇宙へ行くのも当然だが、あれだけの速度で飛んでいるハリーに辿《たど》り着くとなると、計算の段階で相当困難ではないかな」

寺山は飄々《ひょうひょう》とした口調だがいたって真顔で言った。國善は自分の窮地《きゅうち》などまったく気にしていないうえに、小学生相手にふざけるでもおだてるでもなく会話を始めている寺山の横顔に溜息をつき、少し尻《しり》をついたまま後ずさりをしてから立ち上がった。

「はい。まだ僕にはできません。でも僕も星学科《せいがっか》に入りますから、そこで軌道の計算はできるようになります」

「楽しみだねえそれは。しかし仮にハリーに到達《とうたつ》したとして、栄君は何をしたりするのかな」

「柳木さんがおっしゃっていたように、ハリーの石を持ち帰ります。そうすれば、ハリーだけでなく、地球や太陽の成り立ちも、わかるかもしれません」

「確かに、その大きな命題を解くのに、それは効率的な方法かもしれなかったりするね」

はきはきと答える栄と、表情は変えないが満足げな寺山のやりとりに、國善は呆気に取られるしかなかった。もはやこのやりとりは帝大の学生と教授のもののようだった。

「國善君は何をするのかな」

寺山は突然、國善に顔を向けて言った。

「え、あ、ぼ、僕ですか?」

「栄君はハリーに行くと決まった。國善君もこの時期をここで過ごしたからね、なんかしてもらいたかったりするね」

國善は突然話の矛先《ほこさき》が自分に向いて慌てた。

「ぼ、僕は、そんな栄君みたいに、専門的なことは……」

「そりゃもちろん、栄君のほうが才能があったりするからね」

「ですよね」

寺山は何の気遣《きづか》いもなく、あたりまえのようにそう言った。國善はもう傷つくことすらなく頷いた。

「でも人の英知が及ばない巨大なものを前にしたとき、必要なのは科学者だけじゃない、文学者だって一緒だと思ったりするよ」

寺山がハリーのことを指して言っているのか、それとも栄との会話のように宇宙自体のことを言っているのかは、判断がつかなかった。しかし寺山の言わんとすることは少しわかるような気がした。だがいかんせん自分はまだ、寺山の言うような役割を果たすほどの実力も地位もない。そんな自分に、いったい何ができるだろう？

「台長、こちらでしたか」

そんな声がして振り向くと高代《たかしろ》が立っていた。暦《こよみ》の担当の高代は、談話会でも「ハリーの時期、私の仕事はしばらくお休みです。皆さんの補佐《ほさ》を務めさせていただきます」と自嘲気味《じちょうぎみ》に語って皆の笑いを誘っていた。

「文部省と海軍省の皆さんがお見えですよ」

「あらま、そうだったね」

寺山はそう言うと、つまらなそうに肩をすくめて、台長室のほうへと高代と向かおうとした。

國善は寺山が横を通り過ぎるときに、思い切って栄と高代に聞こえないように、そっと聞いてみた。

「その、台長、あの、ふ、藤崎《ふじさき》さんは」

「ん？」

國善の声が小さすぎたのか寺山は立ち止まって國善を見た。國善は寺山が大きな声で聞き返さないことを祈りつつ、真っ赤になってもう一度、勇気を振り絞って早口で言った。

「藤崎さん、最近、どうしてらっしゃるかって、お、思いまして」

寺山はじっと國善を見つめた。そして小首を傾げ、髭に手をやった。

「はて。誰の話？」

「え？」

「え？」

國善の驚きの言葉に対し、寺山は同じ言葉を返した。國善はこれ以上この話を続け、晴海という名を出すことや、自分との関係を語らねばならない事態になることは避《さ》けたかった。

「いえ、なんでもないです」

引き止めて申し訳ありませんという顔をして、國善は頭を下げた。


下宿の部屋で、國善は四方向にごろごろと転がり続け、それを何時間も続けていた。

國善の中では、そののたうちまわるような行為には、一応規則性があった。右に転がれば晴海に再会したときの会話や行動を予行演習し、左に転がればどうすれば会えるのかその算段を考え、上に転がれば手を握り接吻をする妄想に悶《もだ》え、下に転がれば二度と会えないかもしれないという絶望的な悲しみに打ちひしがれた。

「あああああ」

ときどき、そんな呻《うめ》き声を発していることに自分では気づかず、おかみさんが襖《ふすま》の向こうで恐る恐る様子を伺っていることも、國善は気づきもしなかった。そしてそれは、栄が学校から帰ってくるまで続いた。

その日、天文台へ向かうと、栄が熱心に三六式無線機に向かっていた。國善が赤道儀室に入っていくと、栄は打ち込んでいた文面を途中で区切りたくなかったのか、送信機を慣れた手つきで叩きながら、國善に笑顔だけを向けた。そして國善に聞かせるように、それを口にした。

「大連より報告あり。その日、午前二時二〇分、彗星の尾を東天に認め、尾の長さは二五度以上に達せり。撮影も順調」

おそらく小橋たちに聞いたのだろう。観測の立地としても天候の面でも、後から平村誠一と一尾から伝えられる満州の天文台の結果は、麻布天文台での観測を大きく上回っていた。そしてその結果を、栄はアンテナのない無線機で、世界に向けて発信している気分を味わっているようだった。

「栄君、お、お願いがあるんだ」

國善は意を決して栄に言った。

「ぼ、僕に、無線を教えて、ほしい」

「やっぱり國さんも始めるの？」

前に、戯《たわむ》れに晴海への思いを、適当に打っていたことを踏まえての言葉だった。しかし今回はそのときとは、打ちたい言葉も思いも違う。

「そ、そうじゃないんだ、前に、栄君に打ってもらった、あの言葉の打ち方を、僕に教えて、ほしい」

「それって、夏目漱石《なつめそうせき》の？」

「そう。本当は、つ、月だけど、間違えて、星ってやってもらった」

「星が綺麗ですね」

栄は思い出しつつ、確かめるようにその言葉を口にした。國善は黙って、こっくりと頷いた。

きっかけはこの言葉だった。地元に伝わる彗星の話をした途端に、晴海の様子は変になって、この場から出ていってしまった。しかしその前に、この無線でその言葉を打ち込んだときにも、晴海は同じような状態になっていた。

ではいま、晴海にまったく会えないこの状況で、あの言葉を打ち込んだら、何かが起こるのではないか、何か変えてくれるのではないかと、國善はまるでそれを魔法の呪文《じゅもん》のように思うようになっていた。

「じゃあ國さん、ここに座って」

栄はそう言うと自分は立ち上がって、國善に椅子を譲《ゆず》った。國善が言われるがままに無線機の前に座ると、栄は横に立ち、國善の肩に手を置いた。まるで子供に勉強を教える教師のような仕草だった。

「コツを覚えればすぐだよ。じゃあ國さん、最初は、ツートントン」

「は、はい」

國善は思わずぺこりと頭を下げて、電鍵に手をかけ、言われたとおりに叩いた。

それから一〇分以上をかけて、「次はツーツートンツートン」と栄に教えられながら、國善は九文字のモールス信号を必死に暗記していった。

「た、たぶん、もうできると思う」

國善がそう言うと、栄は肩に置いていた手を離し、やはり大人のような顔つきで優しく頷いてみせた。

國善は一度深呼吸してから、改めて送信機に手をかけた。

―・・　――・―・　・―・・　・・
―・―・・　―――　・―
・―・――　・・　―――・―　――・―

國善は前に栄がそうしていたように、それを三回繰り返した。

手を離してもう一度深呼吸をした。もちろん、この呪文で突然晴海が現れるような魔法は起こらなかった。

翌日は五月一九日だった。ハリー彗星が太陽面を通過するとあって、麻布天文台はもちろん、全世界でまたとない観測の機会だと話題になっていた。同時に、ハリーの尾のシアンガスが地球を滅ぼす日という噂の当日でもあり、そちらの話題も尽きなかった。

國善はその朝、ふと何か予感のようなものを感じて、目を覚ますと栄には内緒で、先に天文台を訪れた。

今日はハリー観測でもっとも大事な日のひとつだというのに、なぜか台員たちの姿はなかった。これからの長丁場《ながちょうば》に備えて、皆まだ眠っているのだろうか。

しんと静まっている天文台を進み、赤道儀室に上がった。扉を開ける。すると三六式通信機の前に、晴海が座っていた。國善はなぜか驚かなかった。そんな気がしていたから。

晴海はゆっくりと笑みを浮かべて、無線機にふと手を触れた。そして國善を見つめて言った。

「星が綺麗ですね」

「わかったの。私が誰なのか。國さんが誰なのか」

晴海は椅子に腰を下ろすと、國善にも無線機の前の椅子を勧めてから、そう切り出した。國善は頷いて座った。晴海が突然妙なことを言い出しているというのに、やはり不思議と、驚きがなかった。

「大飢饉《だいききん》が何年も続いたあるときのことです」

晴海が語り出した。まるでこれまで、國善が晴海に聞かせてきたような、昔話を語るような調子だった。國善は静かに、口の中に溜まっていた唾液《だえき》をごくりと飲み込んだ。

「毎日のように、飢《う》えによる栄養失調で人が倒れ、死んでいきます。町医者のその男は、患者のために様々な手を尽くしました。自分のためにわずかに蓄《たくわ》えた食料も、彼らに与えてしまい、自身も痩《や》せ細り、衰弱《すいじゃく》していきました」

晴海はまっすぐ國善を見つめていた。いままで聞いたこともない口調だったが、國善はそれもおかしなことだとは思わなかった。頭の中に、晴海が語る悲惨《ひさん》な光景が浮かんできた。そして、まるで自分がその町医者の男になったかのようにすら見えてきていた。

「自分の死も覚悟したそのころ、一揆《いっき》に巻き込まれたのか深い傷を負った女がやってきました。その女を見て、町医者の男はこれまでの患者とは違う、特別な気持ちを抱きました。しかしもはや自分の力も尽き、女を救うこともできません。男はほんのわずかに残してあった、白い粉を棚から取り出し、それを女の傷口にすり込みました。指に付いた粉の残りは自分の口に運びました。男は女に肩を貸し、最後の力を振り絞って物干台に上がりました。二人は並んで仰向《あおむ》けになり、夜空を見上げました。そこには、見たこともない大きな白いほうき星がありました。男と女は手を繋ぎ、西から東へと飛んでいくほうき星を見つめながら、ゆっくりと目を閉じました」

晴海の話に合わせて、國善は自分もゆっくりと目を閉じた。そのとき、町医者の男が見ていたであろう、夜空に輝くほうき星が確かに見えた。

次の瞬間、國善はまた、あの白い光の中にいた。最後に晴海に会ったあの日に見た夢に出てきた、あの光だ。あたりを見渡す。するとそこは、また夢と同じように、白い光が消えていき、漆黒の空間になっていった。何かに乗り、すごい勢いで飛んでいるが、なぜか吹き飛ばされるような心配がない。

目の前に誰かいる。晴海だろうか。いや、目をこらすと晴海のようで微かに違う。それは、町医者が助けた女だった。國善はその女が自分を見つめる瞳で、自分が何者かを知る。自分は、その町医者だ。

女が、ふと下を見下ろすような視線になった。國善もつられて覗き込むようにそちらを見た。

そこには大きな青い惑星《ほし》が眼前にあった。その美しさに思わず吸い寄せられそうになる。しかし自分がいるこの「何か」は、その重力すら感じないほどの速度ではるか遠い星々の方向へと進んでいた。

なぜ自分はこんな夢をまた見るのか。いや、これは夢ではない。

國善は青い惑星《ほし》とはまた別のものに目が留まった。それはここと惑星《ほし》の間に、浮かぶように漂っていた。見たこともない、不思議な短い円柱の形をした鉄の塊だった。まるで「おひつ」のような形だ。黒いおひつの蓋《ふた》の部分は金色で、そこには鉄製らしき網のような物体がくっついている。

それはまるで、國善たちを観察しているかのようだった。

眩暈《めまい》がした。國善は目を閉じ、再びゆっくりと開いた。

そこは赤道儀室で、目の前には晴海が座っていた。國善は混乱しつつも、晴海に言った。

「なぜだろう、さっきの話、僕も知ってる気がする」

晴海は寂しげな目をしつつも、口元に笑みを浮かべた。

「だってこれは、私たちの話だから」

「僕たちの？」

聞き返す國善に、晴海はこっくりと頷いた。

「國さんが話してくれたほうき星の話もそう。そしていま國さんの頭の中に浮かんだ、宇宙《そら》を飛んでいる私たちも、そう」

「なぜ、それを」

「私たちは、出会いを繰り返してるの。そして時として、人ではないときもあるわ。その惑星のときのように。いまの私のように」

「いまの君のように」

國善は繰り返すように言った。

「あるときは、いまの私のように國さんが天文台でハリーを待ってる」

「僕が天文台でハリーを待つ」

國善はただ晴海の言葉をなぞるだけだった。

また自分を包む空気が変わった。

あたりを見渡す。そこはこれまでと同じ、赤道儀室だった。屈折望遠鏡も三六式無線機もある。しかし、何かが違う。

「そのときは、いろんなことがあってこの惑星に、人はとても少なくなってしまってるの。みんなは緩やかに、この惑星が終わっていくのを待ってる。でも、ハリーは近づいてきて恵みの雨を降らせる」

「僕はそれを待ってる」

國善が呟くと、晴海は頷いた。

「あなたは待ってる。どこへも行かず、ここでただそれを待ってる」

國善の頭の中に、見たことがない光景が広がった。

そこは広大な敷地だった。なぜか俯瞰《ふかん》でその全景が見える。巨大な、不思議な形をした建造物が見えたような気がした。目を凝《こ》らすとその先に、見覚えのある建物があった。いまいるはずの赤道儀室だった。まるで鳥が滑らかに飛び込んでいくように、國善の視線は赤道儀室の中へと入っていった。そして椅子に座る自分の目線になり、目の前には屈折望遠鏡があり、そして晴海がいた。

國善は一度、確かめるように自分の体に目を落としてから言った。

「そのときの僕は、人としてそこにいるのかな」

もう國善も、いろいろなことがわかり始めていた。晴海は微かに微笑んだだけで、何も答えなかった。

「いまの君のような存在なんだね。そして君は、いまの僕のように人として、そこにいる」

國善は自分に言い聞かせるように、呟いた。そして今度はしっかりと晴海に尋ねた。

「これは、どういうこと？　奇跡、なのかな？」

「わからないわ。奇跡かもしれない。でも、これはハリーが起こす現象のひとつなのかもしれない」

「現象？」

「数々の彗星たちが、地表の酸化した液体を青い海に変えたように、無から生命を誕生させたように、単細胞生物から霊長類へと進化を促すように、ハリーが人の一生分の時間をかけて太陽系を巡るように。私たちの出会いも、そんなもののひとつにすぎないんじゃないかしら」

國善は、晴海の言わんとすることを頭の中でひとつずつ整理していった。

「そこに、何か意味があったのかな」

「意味なんか、本来求めちゃいけないんだと私は思う」

「求めちゃいけない？」

晴海は細い目の奥に強い光を湛《たた》えて、しっかり頷いた。

「意味なんて、きっとないのよ。それは、私たちが自分自身で考えること。自分で意味を見つけ、人生を生き抜けばいいのよ。その時代、その場所で、その人たちと精いっぱいにね。私たちの繰り返す出会いも、この宇宙で起きている森羅万象《しんらばんしょう》を考えたら、特別なことでもなんでもない」

「僕たちのこともそう思うかい？　ハリーが来るときにしか会えなくて、ハリーが去るときにまた別れるなんて、そんな甲斐《かい》のない出会い……」

「甲斐はある。私、信じたいの。この出会いは望んだ出会いだって」

「望んだ？」

「そうよ。いつの時代も、私とあなたが願ったのよ。たぶんいつだかももうわからないくらい遠い昔に、いつも巡り合おうと思い合った。それからずっと、私たちは悲しい運命を辿った。それでも再び巡り合いたかった。強く、すごく強く。その想《おも》いが伝わっているのよ。そして今も、その思惟《しい》が宇宙に広がっているの」

「そうなのかな」

「さあ。でも、そうだとしたら素敵《すてき》でしょう」

晴海はそう言うと、少しだけ愉快《ゆかい》そうに笑った。國善もつられて微笑んだ。しかしすぐに、胸がしめつけられるような事実が頭に浮かんでしまった。

「じゃあ、毎回別れる必要なんかないのに。そんなこと、かつての僕らが望んだとは思えない」

「巡り合うことと、別れることは、もしかしたら同じことなんじゃないかしら。果てしない円《えん》環《かん》。この宇宙が本来持っている形と同じで」

「その円環を、今回で止めることはできないのかな。僕は君と別れたくない。ずっと一緒にいたいんだ」

國善は立ち上がり、晴海の前に跪《ひざまず》いた。そして両手で、晴海の両手を包み込むように握った。

「大丈夫。私たちは、きっと大丈夫」

「何が大丈夫なんだよ」

國善は思わず、柄にない口調で吐き出すように言った。そして慣れない口調と同時に、涙腺《るいせん》がぐっと緩んだ。

「出会えるわ。それに今回から、私たちの運命は少し変わったもの。でも次に会うときには、彼に手伝ってもらわないとね」

すぐに誰のことかはわかったが、國善は何も答えられなかった。言葉を発すると、涙が溢れてしまいそうだった。國善は歯を食いしばってそれを堪えてから言った。

「君はいつ、行ってしまうの」

晴海はそれには答えず黙って立ち上がり、國善にも立つよう促した。

「来て」

晴海はそう言うと、國善の左手を自分の右手で繋ぎ直した。國善は小さく柔らかい晴海の手を、その血が巡る感触まで感じるように、しっかりと握った。

晴海は左手で赤道儀室の扉を開けると、國善と一緒に一歩外へ踏み出した。いつの間にか夜になっていた。そして階段の最上段に立って、晴海は前に広がる景色へ目をやった。國善もそれにならった。

そこは麻布天文台ではなかった。いつもの洋館と日本家屋がそこにはなかった。品川沖の漁《いさり》火《び》も見えなかった。もっと広々とした土地で、先にはさっき上空から見えたような気がした、奇《き》怪《かい》な形をした巨大な建造物があった。それはそれぞれ直径二〇メートルと一〇メートルはありそうな、大きな鉄製の半球のような形をしていた。ただ、もうずいぶん長い間放置されているように、錆《さ》びつき古びている。

あれは、ハリーや宇宙と通信をするための装置なのだろうか。國善はなぜかそんな気がした。

ふと気づいて夜空に目をやった。今日は太陽の前をハリーが通過する日のはずだった。日はとっくに暮れていたが、厚い雲が一面を覆っているのか、ハリーだけでなく他の星々の姿も認めることはできなかった。

「國さん、私そろそろ行かなくちゃ」

「いやだ」

國善はすかさず、駄々っ子のようにそう言い返した。その瞬間、ぽろりと涙が落ちてしまった。晴海は國善の顔をじっと見つめ、右手の人差し指でその頬の涙を拭った。しかし國善は、ますます涙を止めることができなくなってしまった。

「やっと、本当に好きな人に会えたのに……」

國善の涙ながらの言葉は、途中で晴海が唇で塞《ふさ》いだ。晴海は接吻したまま、繋いでいた手を離し、ゆっくりと國善の首に手を回した。國善はあまりに近い晴海の感触に頭が真っ白になった。そしておずおずと自分も手を晴海の背中に回し、そっと抱き寄せた。

ほんの数秒だったのか、それとも何分も経っていたのかは、國善はわからなかった。晴海は唇を離し、そして体もそっと離した。

「変な言い方だけど、國さん、元気でね」

「君こそ、元気で」

國善は素直にそう答えるしかなかった。涙はいつのまにか止まっていた。

「さようなら。待ってるね」

「さようなら。必ず会いに行くよ」

晴海は、國善に赤道儀室へ入るように目で伝えた。國善は頷いた後で、もう一度だけ、すっと顔を近づけて晴海に口づけた。何も飲んでいなかったのに、晴海の唇はなぜかシャンペンサイダーの味がしたような気がした。晴海は最後に、にっこりと笑った。

國善は扉を開け、中へ入った。自分で引いたのか、晴海が外から押したのか、自分でもわからなかったが、すぐに扉は閉められた。

「やあ國善君、来ちゃったね」

「ちょっと狭かけど、我慢《がまん》してね」

小橋と田倉が、次々と声をかけてきた。赤道儀室の中は二人以外にも、平村聖士、見覚えのある新聞記者の男が二人、そして栄がいた。栄は國善と目が合うと、嬉しそうに笑った。

「國さん、僕、こんな時間に起きてるの初めてだよ。わくわくする」

「もう二時過ぎたい。小学生は起きてたら駄目とよ」

「そのぶん、ちゃんとお昼寝しました」

田倉が栄の頭をくしゃくしゃと撫で、栄は得意げに胸を張った。

「ちょーど雲も切れそうだからね。今日はせっかくの太陽面経過《たいようめんけいか》だったのに、ハリーはまるっきり見えやしないし、通過したら今度は一気に曇っちゃって見えないしで、踏んだり蹴《け》ったりだったよ。まいっちゃったね」

小橋が肩をすくめた。

國善は何も言えず、そんな皆のやりとりをぼんやりと聞いていた。しばらくの間、自分がいまどこにいて、いまがいつで、そして自分が誰かすら、はっきりわからなくなっていた。

やがて、ふと正気に戻った。國善は慌てて扉を開けてまた外へ飛び出した。

そこは、真夜中の麻布天文台だった。ハリーの観測のためなのか、政府や海軍の関係者や新聞記者たちが数人うろうろしていた。

「どげんしたと?」

慌てた様子の國善に、後ろから田倉が声をかけた。國善は思わず言った。

「は、晴海さん」

「晴海さん?」

田倉が不審げに聞き返した。國善はその田倉の声の調子で、あることを瞬時に理解した。

「な、なんでもないです」

國善はそう言うと、ぺこぺこと頭を下げて、外から扉を閉めようとした。すると閉じかけた扉から、栄がぴょんと飛び出してきた。そして栄は自分で扉を閉めた。

「國さん、晴姉ちゃんに会ってたの？」

「う、うん」

栄はやけに神妙な顔をしていた。

「いなくなったの？」

「え？」

國善は驚いて栄の顔を覗き込んだ。すると栄は真顔で言った。

「僕、ときどき、ここから出て行く晴姉ちゃんが、すって消えちゃうのを見たんだ」

「そう、そうだったんだ」

栄はそんなに不思議な経験をしているというのに、声は落ち着いていた。

そのとき、赤道儀室の中からどっと歓声が上がった。國善と栄はその声に、同時に夜空を見上げた。一気に雲が晴れていき星空が広がっていくところだった。そして、國善と栄の前にもそれは姿を現した。

ハリーが長い尾をたなびかせて、ひときわ大きく輝いていた。それはまるで、星空に白いペンキで大きく弧を描いたようだった。

「ありがとう」
國善は宇宙へ悠々と飛んでいくハリーに、小さく呟いた。

五月一九日は夜が明けたころは曇り空だったが、九時を回ったころから晴天となっていた。世界中の天文台で、ハリーが太陽面を通過する様子を観測、撮影する手筈《てはず》が整えられたが、太陽光の強さ、ハリーの大気の薄さから、結果、麻布天文台だけでなく、それに成功した機関はひとつもなかった。

ハリーが麻布の人々の目に再び現れたのは、日が変わった五月二〇日、夕方からの雲が晴れた午前二時二〇分ころだった。空は一面に晴れ、銀河の光も鮮やかに現れた。

そして、地平線よりこの夜空に似つかわしくない、強い光が走った。ハリーだった。ハリーの核は太陽の下に移動したのに尾はまだ明け方の空に残っていたのだった。

地平線より突き出た尾は、三角座から、魚座、ペガスス座、駒《こま》座を経《へ》て、鷲《わし》座に入り、地球から見て全長一二〇度ほどに達していた。この後、ハリーは夕方の空に移り、二一日は宵の空で雲間から核の部分だけが二等級ほどの輝きを見せ、二二日の夕方には見事な姿を現した。二三日以降、急速にその姿は小さくなり、肉眼での確認ができないところへ消えていった。

一九三三年　早池峰

それから二三年の月日が流れた。

三一歳の青年となった栄《さかえ》は、早朝に上野を出発した東北本線に乗って早池峰《はやちね》に向かっていた。國善《くによし》の訃報《ふほう》が届いたからだった。

ハリー彗星《すいせい》が最接近したあの年の一年後、國善は地元の早池峰に帰った。國善が語り、宮田《みやた》喜治《よしはる》が書き上げた『早池峰物語』は、二人の想像以上に評判となった。そんなこともあり、國善は故郷の人々に温かく迎え入れられた。小説を書くことは諦《あきら》めたが、さらなる言い伝えや民話の蒐集《しゅうしゅう》、編纂《へんさん》をライフワークとしながら、皆に請《こ》われて村長を務めたり、高等学校で教鞭《きょうべん》を執《と》ったりすることもあった。

國善はまだ四六歳だった。しかし腎臓《じんぞう》を病《や》んでいて、体の衰《おとろ》えは本人も自覚していた。そんなとき、まだ三七歳だった柳木《やなき》賢男《たかお》が肺炎でこの世を去った。

地元に帰ってきてから、國善はこの年下の友人との交流をもっとも楽しみにしていた。文学について語らい、賢男の新作の構想を聞き、自分が知り得た新たな不思議な言い伝えを教え、そして酒を酌《く》み交《か》わし、星を見た。

賢男が亡くなって、そのたった八日後、すっかり体が弱っていた國善は、歯ブラシを持って台所に向かうとき、座敷《ざしき》中に積み重ねていた本に足を取られ転倒し、そのまま息を引き取った。

九月の空は穏《おだ》やかに晴れ渡り、東北へ向かうので念のために持参した外套《がいとう》は、その重みだけでも暑さを感じるほどだった。

列車がいくつかの川を越えて東京を出ると、途端にその景色はのどかなものになった。いつまでも連なる広々とした田んぼは、ほとんどが収穫《しゅうかく》を終えたばかりのようで、薄茶色の中に薄緑の線がときどき走っている。

栄はつい、こういった模様にも規則性を探してしまう。

しばらく経つと田んぼから、畑のほうが多い地域へと列車は進んでいた。しかし栄には、そこからどんな農作物が育つのか、まったく想像もできなかった。栄は専門分野以外でも博識であることで評判を得ているにもかかわらず、農作物や植物や動物、昆虫といった分野については、尋常《じんじょう》小学校の生徒並の知識しかないと、よく自嘲《じちょう》していた。

のどかという言葉がいちばん相応《ふさわ》しかった。

しかし、この国と世界がいま、ほとんどの者が望んでいる方向に向かっているとは思えなかった。

昨年、首相が海軍の将校に暗殺された。今年になって日本は国際連盟を脱退した。危険思想取り締まりの名のもと、作家や知識人の逮捕が相次いでいる。ドイツでは、どう見てもきな臭い政党が実権を握《にぎ》った。

そんな時期に天災も襲《おそ》ってきた。かつて國善から、自分が一〇歳のころに、三陸沖でマグニチュード八以上の大地震が起き、その被害は内陸側の早池峰でもかなり大きかったと教えてもらったことがあった。

それから三七年が経ったこの三月、再び三陸沖でマグニチュード八の大地震が発生し、またも東北地方一帯に甚大《じんだい》な被害を及《およ》ぼしていた。

栄は昨今は科学者、技術者として評価を得るようになってきたが、自分の力が、社会情勢にも天災にも、何の役にも立たないことに無力感を覚えることが増えた。

「國さん、どう思う？」

栄は線路と車輪の大きな摩擦音《まさつおん》に紛れて、ふとそう口にしてみた。何に対しての問いかけかは、栄自身もよくわかっていなかった。そして栄の呟《つぶや》きは、関東平野ののんびりとした景色の中に、何もなかったように流れていった。

栄は高等学校を卒業後、かつて星学科《せいがっか》と呼ばれていた、東京帝国大学の天文学科に入学した。そのころ、麻布天文台はすでにその役目を終えていた。市街地が発展し、夜間も近隣が明るくなってきたことと、新しい望遠鏡や施設を設置するにはすでに手狭《てぜま》になったため、ハリー観測のころから、三鷹《みたか》の広大な敷地《しきち》への移転計画は始まっていた。関東大震災が起こって建物が倒壊《とうかい》したことが、その計画をさらに早めた。

栄にとっては偶然なことに、天文学科に入学したとき、専門授業の校舎は麻布天文台の跡地にあった。

「僕は君たちよりも一〇年早くここで学んでいたんだ」

栄は同級生たちによくそう自慢した。そして栄は二年で最新の天文学についての知識を頭に叩《たた》き込むと、自分の中では予定していたとおりに、難関である工学部の航空学科に転部した。

そして航空学科を卒業した後は、飛行機会社の研究部門でエンジンの開発に携《たずさ》わっている。

栄は花巻《はなまき》駅で在来線に乗り換え、遠野《とおの》駅までやってきた。上野を出たのは早朝だったが、すっかり日は暮れていた。半日以上、列車に乗っていたことになる。

栄は列車を降りて、革のバッグを持ったまま大きく伸びをした。すると、ホームにいた巨漢《きょかん》の男が、走り寄ってきていきなり抱きついた。

「栄君！　いやあ、立派になって！」

木戸英二《きどえいじ》だった。もう六〇代のはずだが、相変わらずの体格で、そして内から溢《あふ》れるエネルギーがその姿に現れていた。「久しぶりだなあ！」とばんばんと栄の背中を叩く手の力が強すぎて、万歳の格好をしたままの栄は思わず手にしていた革のバッグを落としてしまった。

「木戸先生、苦しいです」

木戸の分厚い肩がぐいぐいと喉元《のどもと》に押しつけられ、栄は堪え切れずに呻《うめ》いた。

改札を抜けると、新型のダットサン自動車が止まっていた。東北の小さな街にそのハイカラな物体はあまりにも不釣り合いで、行き交う人々はものめずらしそうに振《ふ》り返り、子供たちは遠巻きにそのフォルムに見とれていた。

「すごい車ですね」

栄がそう言って溜息《ためいき》をもらすと、木戸は豪快《ごうかい》に笑い、そして栄の肩をまたしてもばんばんと叩いた。

「天文男は新しもん好き。麻布からの伝統だよ」

ダットサンは木戸自ら運転した。商店や住宅が密集していたのは駅の周辺のごく一部だけで、五分としないうちに、山の麓《ふもと》の何もない道路になった。ダットサンが照らすヘッドライトで見える範囲では、この先に道路以外の人工物はなかった。いったいこの道をどのくらい進むと國善が生まれ育った村に辿《たど》り着き、さらにそこから早池峰天文台へはどのくらいなのかは、栄はまったくわからなかった。

「ご挨拶《あいさつ》が遅れましたが、ご連絡ありがとうございました」

木戸の大声の思い出話が途切れたタイミングで、栄は運転席の木戸に頭を下げた。木戸はハンドルから左手を離し、「気にするな」という意味で左右に振った。そしてこれまでの笑みを、ふっとその顔から消した。

「しかし、さすがに参ったよ」

木戸はそう言うと、ふーっと息を吐《は》き出した。

「続きましたからね」

栄は頷《うなず》いた。國善と賢男を引き合わせたのは木戸だった。そしていまもこの地で天文台長を務めている木戸にとって、若い文学者の友人たちが親交を温めているのは喜びのひとつだった。しかし、そんな可愛《かわい》がっていた後輩たちが、たった八日で二人とも逝《い》ってしまったのだから、さすがの木戸も気落ちという言葉では間に合わないほどの悲しみを抱いていることは、栄も当然察することができた。

一方で栄は、賢男はもちろん、國善の死も実感できていないというのが、正直なところだった。國善にはあれ以来、「ちょっと上京する用事があってね」と、栄が高等学校のとき、自分の両親に挨拶がてらやって来たときに一度会っただけだった。進路が決まったり結婚をしたりと、生活に変化があったときにはその報告ついでに手紙のやりとりはしていたが、それももう五年以上なかった。

やがてダットサンは山の麓の村に辿り着いた。そこは國善が『早池峰物語』で描いた里だった。栄は初めてその土地を自分の目で確かめた。民家のいくつかに、控えめな電灯がぽつぽつと灯《とも》っている。麻布で生まれ育った栄には、こういった田舎の寒村《かんそん》での暮らしとはどんなものなのか、いまひとつ想像ができない。

知らせを受け、仕事の都合をつけて急いでやってきたが、それでも國善の死から四日が過ぎている。通夜はもちろん、もう葬儀《そうぎ》も埋葬《まいそう》も終わっていた。

「この里は少し変わっていてね」

木戸は民家を抜けて鬱蒼《うっそう》とした小高い丘の手前でダットサンを止めると、ドアを開けて降り、あたりに目を向けて栄に言った。

「いま来たほうが普通の集落、あっちが老人だけが暮らす集落、そしてこの先が、この土地で死んでいった者たちの場所」

木戸は三方向へ指を向けた。栄は順番にその方角を目で追い、そして最後に真っ暗な丘に目を向けた。

木戸はおそらく最新型であろう、大きな懐中電灯《かいちゅうでんとう》を持って、緩《ゆる》やかな坂道を栄を促《うなが》し歩き出した。民家のほうから聞こえていた微《かす》かな生活の音はすぐに途絶え、静寂《せいじゃく》が栄を包んだ。虫や鳥の気配もなく、二人が土や砂利を踏みしめる音だけが聞こえる。空を仰ぎ見ると、東京とはまったく違う、天体写真のように鮮やかな星空が地球を覆《おお》っていた。

坂を上り切り、次第に目が暗闇に慣れてくると、そこは開けた場所になっているようだった。さらに目を凝《こ》らすと、ごつごつした大小様々な石のようなものが点在している。ここがどんな場所なのかを聞いていたから、それが墓石なのだということは、すぐにわかった。

木戸は懐中電灯を照らしながら、その中を進んでいった。栄は背筋に少し嫌な寒気を感じた。

通路らしい通路はなく、土葬《どそう》された人々が足元にいるのかと思うと、あまり気分のいいものではない。

やがて木戸は立ち止まると、いくつかの墓石を懐中電灯で照らした。そして、三〇センチほどの小さな直方体のものを見つけると、そのまま照らしていた。栄はそこに刻《きざ》まれた文字を読み、この下に國善が眠っていることを知った。


「本当に天文台でいいのかい？」

國善の墓参りを済ませ、再びダットサンに乗り、木戸はエンジンをかけつつ栄に聞いた。栄は笑みを浮かべてこっくりと頷いた。木戸は東京から栄が来るということで、それなりの宿を用意しておくつもりだった。しかし簡単な布団でかまわないので、早池峰天文台に泊めてほしいというのが、栄の希望だった。

天文台は村から山のほうへ向かってすぐのところにあった。

ヘッドライトに照らされた柵《さく》や門のはるか先に、ドーム型の建物と、事務所のような建物が街灯でうっすらと浮かび上がっているのが見えた。かなり広大な土地なのだろう。

「麻布の五倍はあるよ」

栄の視線を察したかのように、木戸が言った。木戸はダットサンのスピードを緩めることなく門をくぐっていったので、栄はひやっとしたが、つまり緩める必要がないくらい建物までの距離があるということだと理解した。

「明日、明るくなってから見ると、栄君には少し懐《なつ》かしいんじゃないかな。子午儀《しごぎ》、太陽写真儀、赤道儀《せきどうぎ》、建物自体はだいたいあのころの麻布に似てるからね。望遠鏡は新しくなっても、そっちの改装まではなかなか金が下りてこない」

木戸はそう言うとハンドルを握ったまま肩をすくめた。そして門にいちばん近い、二階建ての建物の前でダットサンを止めた。建物からは先ほどの里の民家よりも、はるかに明るい光が漏《も》れていた。

木戸に先に入るように言われ、その建物のドアを開けると、栄は思わぬ歓待《かんたい》を受けた。そこには天文台員であろう一〇人ほどの人々が、玄関を取り囲むように待ち構えていて、栄を拍手で出迎えたのだ。

呆気《あっけ》に取られて思わずぺこぺこと三方向にお辞儀《じぎ》をしている栄の肩を、木戸はばんばんと強烈に叩きながら言った。

「みんな紹介しよう。我が国が生んだ航空工学の若き天才、糸口栄博士《いとぐちさかえ》だ」

拍手がますます強くなった。栄はさらに三方向へのお辞儀を繰り返した。

その後は、会議室に使っているという広間で、即席の歓迎会が開かれた。

「ここにいる者は皆、栄少年や國善さん、寺山《てらやま》台長はじめ麻布の皆さんのことを、一緒に過ごしたかのように存じ上げているのです」

場も和んできたころに、若い男の台員が栄にそう言った。

「私が、いつも喋《しゃべ》ったもんな」

木戸が豪快に笑った。

「まったくですよ、台長、話が長いし同じ話ばかりだし」

とその台員は、うんざりしたような顔を作って口を尖《とが》らせた。次の瞬間、その失言に木戸が「馬鹿もん！」と彼の背中を思い切り叩き、よろめいた彼の姿に、木戸も含め全員が笑った。どうやら彼らの中での、お決まりのやりとりとなっているようだった。

「私は天文のすごい連中と仕事をしてきただけじゃないぞ。佐澤國善《さざわくによし》も宮田喜治も柳木賢男も、私と出会わなければあれほどの文学者にはならなかっただろう」

別の台員が、木戸の声色《こわいろ》と恰幅《かっぷく》のいい体格をものまねしながら言った。木戸は少し慌《あわ》てたような顔になった。すかさず、よろめいた台員がそれに続けて、木戸のものまねをした。

「帝国陸軍の戦闘機を設計している糸口博士など、私はまだおしめをしてたころから面倒を見てたぞ、はっはっは」

栄はゆっくりと木戸を見た。木戸はばつが悪そうに片目を閉じた。

「木戸先生」

それでも栄が批難《ひなん》するような口ぶりでそう言うと、木戸は顔の目の前でぱんと両手を合わせて、急いで頭を下げた。

「面倒を見ていただいたのは本当ですが、あのころ、もうおしめはとっくに取れてましたよ」

木戸は「え？」と顔を上げた。栄はその木戸の様子がおかしくて笑い出し、やがてそれは天文台の皆の大笑いを誘《さそ》っていった。

歓迎会がお開きになった後で、木戸は事務所から歩いてすぐのところにある、自分用の住居へと栄を招いた。そこは八畳二間ほどの簡素《かんそ》な造りだった。妻にはすでに先立たれ、二人の子供はそれぞれ東京と盛岡で仕事をしている、ここで暮らすのがいちばん便利でね、と木戸は笑った。

「もっと早くに渡したかったのだが、うちの連中が栄君が来ると聞いて、喜んでしまってね」

木戸はそう言うと、簞笥《たんす》から白い封筒を取り出し、栄に手渡した。表には「糸口栄殿」と、お世辞にも上手とは言えない、見覚えのある字があった。裏返すとそこには署名はなかったが、それが國善の遺言《ゆいごん》であることは、すぐにわかった。

「私や宮田君宛もあった。賢男君宛もあったところを見ると、前からあらかじめ用意しておいたんだろうね」

木戸の言葉を聞きつつ、栄は糊付《のりづ》けのされていない封を開け、中にあったたった一枚の便箋《びんせん》に目を通した。

長い文面ではなかった。しかし、そこに書いてある内容は、三度繰り返して読んでみて、ようやく頭の中に入ってくるようなものだった。そして完全に理解したところで、栄は大きな溜息をついて肩を落とした。

「どうかしたかい?」

木戸が心配そうに栄の顔を覗《のぞ》き見た。

「どうやら僕は、八四歳まで生きてなきゃいけないらしいです」

栄はそう言うと、ひらひらと國善の遺言を振った。

「木戸先生、三六式はここにありますか」

栄がそう続けると、怪訝《けげん》そうだった木戸の顔に今度は驚きが広がった。

「どうしてそれを?」

「國さんの遺言なんです」

しばらく口をあんぐりとあけていた木戸だったが、やがてゆっくりと頷いた。

「赤道儀室だ。見に行くかね?」

「はい」

栄は頷いた。


木戸の住居と事務所棟から、赤道儀室までは軽く一〇〇メートルはあった。確かに麻布天文台よりも何倍も大きな敷地だった。

赤道儀室を見て、栄は少し驚いていた。それは、麻布天文台にあったものに酷似《こくじ》していたからだった。屋根は半球のドーム型で、高めに作られた観測室へは、外からの階段で入り口へと続いている。

「似てるだろう」

木戸は懐中電灯であちこちを照らしながら言った。

「真似して作ったからね。しかも中の望遠鏡は、麻布にあったものだよ」

「カールツァイスですか」

「そう、二〇センチ屈折だ。麻布の三鷹への移転が決まった後で、もう廃棄《はいき》されることになっていたんだ。だったら機材不足のこっちへ譲《ゆず》ってくれって私が頼んだ。届くまでびっくりするくらいの日にちがかかったよ」

「しかしそれにしても」

「そう、もう骨董品《こっとうひん》だよ」

「なんでそんなものを」

栄は驚きながら聞いた。二三年前に最新でも、当然いまでは木戸が言うとおり、もはや時代遅れだし、新型なら正確なデータがもっと容易《たやす》く取れる。

「将来的にもこのまま残しておこうと思ってるんだ。ある時代の天文の歴史としてね。それに、これは國善の願いでもあるんだ」

「國さんの？」

木戸は頷くと、栄に階段を上がるように促した。栄は少し早足で上がり、木製のドアを開けた。懐かしい光景だった。円型の室内の真ん中には、屈折望遠鏡がどんと鎮座《ちんざ》している。あの春、ハリーを追いかけた望遠鏡。

その奥の狭いスペースには、これも当時の麻布と同じように木製のテーブルがあり、その上に三六式無線通信機の機器が設置されていた。

「どうして」

栄はそう呟くと、その後は言葉を失った。望遠鏡は旧式とはいえ、まだ夜空を見ることはできるだろう。しかしこの無線をこの山奥に設置したところで、どこにも通信は届かないし、受け取ることもできない。そもそも、天文台の観測室に無線通信機を置く理由などない。これはすべて、懐かしい麻布天文台の人々のその場の思いつきで行われたことだ。

「これも当然、麻布移転のときに廃棄が決まっていた。でも國善に必死に頼まれたんだ。二〇センチ屈折と一緒に、どうかこれも早池峰に持って来てくれとね。そしてこの部屋に同じように設置してほしいと」

木戸が台員に伝えてあるのだろう。この時代遅れのドームの中の時代遅れの望遠鏡も無線通信機も、埃《ほこり》もなくきちんと手入れがされていた。

「國善が何を頼んだか知らないが、私はこれを保管しなくてはならないんだね」

木戸はその巨体を窮屈《きゅうくつ》そうに、栄とは望遠鏡の反対側から回り込んで、三六式無線通信機を見つめた。

「次にハリーが来るときまでは、よろしくお願いします」

「ハリー？　次と言うと、一九八六年だよ？」

栄は苦笑して頷くしかなかった。木戸はそんな栄を見つめた後で、「わかったよ」と笑った。

「ハリーのことはともかく、日本の航空力学はすべて糸口博士の頭脳にかかっている。あと半世紀くらい、活躍し続けてもらわなければね」

栄は木戸に小さく頭を下げた。

「木戸先生、ちょっと星を見てもいいですか」

栄は言った。木戸は「おう」と、壁に設置されたハンドルを慣れた手つきでぐるぐると回した。ドームの木製の天井部分が、キリキリキリと音を立てて開き始めた。その隙間《すきま》から、こぼれ落ちてきそうな星空が見えてきた。

栄は望遠鏡に目を当てて覗いた。時代遅れには違いないが、それでもまだ遠い星を明瞭に見ることができる。いま捉《とら》えているのは、アンドロメダだった。

「今日はここに泊まりたいです」

栄は望遠鏡を覗き込んだまま言った。

「さすがに夜中は寒いよ。ここには暖《だん》もないしね」

木戸は笑った。そのとき、栄はそのままの姿勢で、静かに言った。

「木戸先生、僕がエンジンの研究をしている理由は、本当は戦闘機を作るためじゃないんです」

木戸は笑みを消し、しばらく栄を見つめていた。そして再び優しく微笑《ほほえ》みかけた。

「知ってるよ。宇宙《そら》に行くためだろう」

一九八六年　早池峰

糸口《いとぐち》博士と孫の隼《じゅん》を乗せ、昼過ぎに上野駅を出発した新幹線は、午後三時過ぎには新花巻《しんはなまき》駅に到着した。

五三年前に初めてこの地を訪れたときには、半日以上の時間がかかったはずだった。飛行機、ロケットと、より速い推進動力《すいしんどうりょく》を長年研究してきた糸口博士だが、電車のスピードの進化は体感する機会が多いからか、素直に感心してしまう。

二人はそこから釜石《かまいし》行きの在来線に乗り換えた。糸口博士は列車が動くなり、座席にもたれて静かに寝息を立て始めた。隼も眠気を感じていたが、祖父の語った七六年前の話は、とても頭では整理しきれなかった。

列車に一時間弱揺られて、遠野駅に着いた。

糸口博士と隼が駅の改札に向かうと、そこには四〇代の小柄な男がいて、満面《まんめん》の笑みを浮かべて二人に手を振っていた。早池峰《はやちね》天文台の台員が迎えに来てくれる手筈《てはず》になっていたので、その担当者だろう。はたして近づくと、彼が着ている紺色のジャンパーの胸元には、「早池峰天文台」と古めかしいゴシック体のロゴがあしらわれていた。

「早池峰の水沢三郎《みずさわさぶろう》と申します。博士、お会いできて光栄です」

水沢と名乗った彼は、改札から出てくる人々が何事かと振《ふ》り向くほどのお辞儀を、糸口博士にした。

「こちらこそ、お手間をおかけします」

糸口博士が礼を言うと、水沢は恐縮《きょうしゅく》してますます頭を下げた。そしてその姿勢のまま隼にも挨拶《あいさつ》をし、隼は慌《あわ》てて同じくらい頭を下げた。

早池峰山の麓《ふもと》、とはいえ標高五〇〇メートルほどのなだらかな一帯に、天文台は設置されていた。腰の低さからは想像できないほど、水沢は慣れたハンドルさばきで天文台のバンを猛スピードで飛ばした。隼はアシストグリップを強く握《にぎ》りしめていたが、糸口博士は涼しい顔で外の景色を楽しんでいた。

遠野駅から三〇分ほどで、広大な敷地《しきち》のほぼ中央に、二〇メートルと一〇メートルの電波望遠鏡が二機並ぶ、特徴のある造りの天文台に辿り着いた。標高二〇〇〇メートル近い早池峰山の山頂のシルエットが、その巨大《きょだい》な望遠鏡を背にそびえ立っていた。

水沢は駐車場からいちばん近い、二階建ての事務所棟へと二人を招き入れた。その瞬間、小さな玄関ロビーに大きな拍手がこだました。ほぼ全員なのか二五人ほどの職員が、ぎゅうぎゅうに詰《つ》め合って、糸口博士を盛大に出迎えた。

早池峰天文台の台員たちにしてみれば、伝説の科学者に会えた喜びだけではなかった。初代台長の木戸《きど》英二《えいじ》はもうこの世にいないが、木戸は寺山《てらやま》俊朗《としろう》台長をはじめとする麻布天文台の人々、國善《くによし》と宮田《みやた》喜治《よしはる》、柳木《やなぎ》賢男《たかお》といった作家たち、そして後に天才博士となる「栄《さかえ》少年」の話を天文台や地元の人々に語り継いでいた。

水沢たち台員は、そんな話がもはや自分の家族や親戚のもののように身近に感じていたので、目の前にいる糸口博士の姿に、涙ぐむ者までいた。

隼は少し離れたところから、祖父を嬉《うれ》しそうに取り囲む台員たちの姿を、そっとカメラに収めていた。

「三六はどちらに保管されてますか」

大会議室でひとしきり歓待《かんたい》を受けた後で、糸口博士は水沢に尋《たず》ねた。

「見学用に保存しているドームです」

糸口博士はまるでその返事を知っていたかのような顔をし、無言で「そこへ案内してください」という意味の笑みを水沢に向けて応えた。

事務室棟を出て、水沢を先頭に、糸口博士と隼が一〇〇メートルほど進むと、巨大な二台の電波望遠鏡がそびえ立っていた。天に向いた直径二〇メートルと一〇メートルのその鉄骨で組まれたアンテナの裏側を見上げるだけで、隼はその重量感に思わず感嘆《かんたん》の声を漏《も》らしそうになる。

天文台の施設といい、ロケットやその打ち上げの射場《しゃじょう》といい、隼はときどき「なぜここまで人はやるのか」と思ってしまうことがある。それは驚きと敬意と同時に、少し呆《あき》れる気分も混ざっている。人はなぜこんなにすごいものを作り上げるのか。しかも建造物として評価されることはほとんどなく、ただ宇宙を知るための道具としてそこにある。

遠くの空の低いところに、少しずつ夕暮れの赤味が差してきていた。

電波望遠鏡を過ぎると、その先に古びたドーム型の建物が見えてきた。三〇平米ほどの広さで、一二段の階段が二階部分の入口へと続いている。その上部の半球型をしたドームの直径は五〜六メートル程度だろう。屋根の開閉部はぴったりと閉じられている。

「ここに天文台ができたときから現存しているのは、この赤道儀室《せきどうぎしつ》だけです」

水沢が糸口博士と隼に、そう建物を紹介した。糸口博士は五三年前、当時すでに時代遅れとなっていたこのドームと、中の望遠鏡を見ていた。そして時を経《へ》て、いまその望遠鏡と建物は文化財に指定され、見学用に一般公開されている。

隼は祖父の手を引こうとしたが、糸口博士は「大丈夫だ」と杖《つえ》を器用につきながら、階段を上がっていった。

中に入ると、そこには隼も資料でしか見たことがなかった、ドイツ製の古い望遠鏡があった。「二〇センチ屈折赤道儀式望遠鏡」というプレートが壁に貼られていた。その名のとおり、望遠鏡の口径は二〇センチ。ほぼ一・五メートルほどの長さで直角に曲がっている土台に、長さが三メートル余りある筒に、さらに小さい筒が平行に付いていた。過去の遺物には違いないが、しかし七〇年以上前にすでにここまでの技術があったのかと思うと、驚きもある。しかもこの望遠鏡は、太陽黒点の観測をおもに行っていたが、月や惑星《わくせい》、恒星なども観測することができたという。

きっとこの望遠鏡は当時「ハリー」の姿も見たことだろう。

望遠鏡の迫力のせいもあるが、室内は外から見るよりもはるかに狭く感じた。ぐるりと囲む壁はコンクリートで覆《おお》われていたが、円形の床も、天井のドームもすべて板張りだった。壁には開閉用の大きなハンドルが設置され、太いロープがかけられていた。

その狭いスペースの片隅に、ごく普通の木製のテーブルがあり、その上には不思議な形をした四つの装置が置かれ、ガラスケースに覆われて保管されていた。そのガラスケースには、「三六式無線通信機」というプレートが貼られていた。

右側の手前には三センチほどの厚みがある大学ノート大の白い石板の上に、レバーのような金属が頑強《がんきょう》に固定されていた。その奥には映画の映写機のリールのように大小の円にコードがつたった機械が置いてある。中央には大きなコイルのような装置、左側にはひときわ大きな、旅行鞄《かばん》ほどありそうな黒い機械がどんと居座っていて、そこから伸びたコードが壁にかかったメーターボックスのような装置に繋《つな》がっていた。

隼がまじまじと覗《のぞ》き込んでいると、水沢は無線通信機をカバーしているガラスケースを外していった。

水沢はケースを片付けると、テーブルの前にパイプ椅子《いす》を置いた。

「どうぞ」

あらかじめ糸口博士から、本日、ハレーが最接近するこの日に、三六式無線通信機を使わせてほしいと頼まれていた水沢は、その理由を聞くことなく、準備を済ませて糸口博士に言った。

糸口博士は深々と頭を下げた。

結局、祖父が何をするために長野から、岩手の早池峰天文台までやって来たのか、その理由を聞いていなかった隼は、祖父が次に何をするのかを黙《だま》って見守った。

糸口博士は杖をテーブルに立てかけてパイプ椅子に座った。

左側の装置の隣にあるスイッチを入れた。ブーンという、低い唸《うな》り声のような振動が、静かなドームの中を満たしていくように響いていった。

糸口博士は右側手前の装置の、電鍵《でんけん》に手をかけた。

すっと息を吸い込む。隼も水沢も、糸口博士の右手にただ注目していた。

そして糸口博士は、電鍵を慣れた手つきで軽く、しかし、しっかりと叩《たた》いた。

―・・　――・―・　・―・・　・・
―・―・・　―――　・―
・―・――　・・　―――・―　――・―

モールス信号だった。糸口博士はこの同じパターンを、やや時間を置いて正確に三回繰り返した。

隼にはもちろん、そのメッセージの意味はわからなかった。ただ、その「メッセージ」を打ち終えた後の祖父の後ろ姿は、達成感なのか寂寥感《せきりょうかん》なのか、どちらかはわからなかったが、心なしか肩の力が抜け、その背中が小さくなったように思えた。

「少し一人にしてもらえるか」

赤道儀室を出ると、糸口博士は隼に言い残し、一人杖をつき、早池峰天文台から、麓の方へ向かうなだらかな道を二〇分ほど下っていった。

天文台を出たときは空一面が茜色《あかね》に染まっていたが、その村に着いたころには、やや青味が残っているが、星が輝《かがや》く夜空へと変わっていた。

現代でこそその風習は廃《すた》れたが、國善が生まれ育ったこの村は、当時は普通の集落と、姥捨《うばすて》までではないが老人たちだけが暮らす集落と、そして墓地だけの一角と、三つにしっかりと分かれていたという。いまは老人も当然普通に暮らしているが、墓地だった一角は、その姿を変えながら、いまも共同墓地となっている。

糸口博士は墓地へと歩みを進めた。過去に数回来たことがあるが、前回からはもう三〇年は経ってしまっているだろうか。それでも、目的の場所はまだ覚えていた。前回訪れたときには、戦前の雑然とした野原のようだった墓地は、綺麗に区画整理がされていた。

糸口博士は、「佐澤家之墓」と刻《きざ》まれた立派な墓石の前に立った。持参した線香に、先ほど水沢に借りたライターで火をつけた。

「國さん、約束を果たしにきたよ」

糸口博士はそう呟《つぶや》くと、手を合わせた。そして長い間、目を閉じてそのままの姿勢でいた。

どれくらいの時が経っただろう。ふと、何かの気配のようなものを感じた。

糸口博士は目を開き、ゆっくりと夜空を仰ぎ見た。

今回の地球への最接近では、残念ながらハレー彗星《すいせい》は北半球からの目視は難しい。糸口博士はその地球と太陽との位置関係も、軌道《きどう》もすべて頭の中に入っていた。そして目視できないかわりに、人々の目となる「ハレー艦隊《かんたい》」の運行状況も把握《はあく》している。

いまハレー彗星は、ここから南の、地平線から約五度ほど上の角度の、はるか彼方にいるはずだ。

そこに、一筋の光が、確かに現れた。

糸口博士は、自分が思い込みから錯覚《さっかく》を見たのかと思った。しかしそうではなかった、見えないはずのその彗星が、糸口博士の目に確かに映っていた。

「晴姉ちゃん？」

糸口博士は思わずそう口にした。その瞬間、星がきらめく夜空の中で、すっと彗星はその姿を消した。

妙《みょう》な音がして目が覚めた。

最初は夢の中の音なのかと思ったが、どうやらそうではなさそうだった。何かを小刻《こきざ》みに叩《たた》いているような音が、確実にこの室内から聞こえてきていた。

僕はゆっくりと目を開いた。いつもと変わらず、目の前には大きな望遠鏡がある。ベッドの隣には箪笥《たんす》と小さな本棚、台所、作業用の机。それもいつものとおりだった。違うのは、その机の上にある重々しい機械だった。

動いていた。いちばん左にある小さな旅行鞄《かばん》のような黒い装置の上部にある金具が、トントンと台座を打ちつけていた。

僕は驚いて起き上がり、その機械を間近で覗《のぞ》き込んだ。間違いなく動いている。机の下や窓ガラスの向こうを調べてみるが、誰か人がいたりこの機械を操作している様子はなかった。遠くから誰かが遠隔操作しているのか、それとも自動的に勝手に動いているのか、もしくは何か他の方法によるものなのか、僕にはさっぱりわからなかった。

やがて、それは何か規則性を持っているかのように動いていることに気づいた。トンと短く打つときと、ツーとその二倍ほどの長さで打つときがあり、その組み合わせが何度か続いていた。そしてある段階で、同じことを繰り返していることもわかった。

なぜか一瞬、妙な懐《なつ》かしさを感じたが、その理由はわからなかった。

僕はノートと鉛筆を取り出すと、繰り返しているその動きを、点と線で書き留めてみた。

｜・・　｜｜・｜・　・｜・・　・・

｜・｜・・　｜｜｜　・｜

・｜・｜｜　・・　｜｜｜・｜　｜｜・｜

間違いない。この不思議な機械は、この信号を繰り返して伝えてきていた。ただ、これが何を意味するのかはわからない。しかし、なぜだかこれが、ある言葉を意味しているような気がした。まさか、ハレー彗星《すいせい》が送ってきている信号なのだろうかと、そんな荒唐無稽《こうとうむけい》な想像をしたとき、突然後ろから声がした。

「星が綺麗《きれい》ですね」

僕は飛び上がって驚いた。振《ふ》り向くと、いつのまにか扉が開いていて、彼女がそこに立っていた。彼女は優しく微笑《ほほえ》んでいた。僕はその顔に見とれたが、徐々に自分の体の中に、何かが駆け巡っていくのを感じていた。

僕は思い出した。

そうか、そうだったんだ。

僕は彼女のほうへ近づくと、彼女の手を握《にぎ》った。彼女は少し、涙ぐんでいるようにも見えた。僕は彼女と手を繋《つな》いだまま、扉を開けて外へ出た。

そこにはいつものように、幾千もの星が瞬《またた》く夜空があった。そしていつもはそこにいない、大きく長い、尾をたなびかせ白く輝く彗星が、地平線から山猫座《やまねこざ》、馭者座《ぎょしゃざ》、麒麟座《きりんざ》にかけて、堂々たる姿を見せていた。ハレーだった。

僕は彼女の横顔を見た。今までずっと見ていたはずなのに、驚くほど美しい顔だった。彼女は僕の様子に気づいて、僕のほうに目を向けた。僕は彼女の細い目の奥の、黒く深い瞳に吸い込まれそうになりながら、彼女に言った。

「星が綺麗ですね」

松久淳 ＋ 田中渉（まつひさあつし＋たなかわたる）
著作に、映画化もされた『天国の本屋 恋火』（竹内結子主演／新潮文庫）『ラブコメ』（香里奈主演／小学館文庫）などがある。本作は『月刊天文ガイド』誌初となる連載小説として2015年11月号〜2017年1月号に掲載された。

天文考証：相馬 充（国立天文台）
装丁：高柳雅人

麻布《あざぶ》ハレー　NDC913.6

2017年3月8日発　行

著　者　松久《まつひさ》 淳《あつし》＋田中《たなか》 渉《わたる》
発行者　小川雄一
発行所　株式会社 誠文堂新光社
〒113-0033 東京都文京区本郷3-3-11
（編集）電話 03-5805-7761
（販売）電話 03-5800-5780
http://www.seibundo-shinkosha.net/
印刷所　星野精版印刷 株式会社
製本所　和光堂 株式会社

ISBN978-4-416-61708-3